대한문인협회 경기지회 동인문집

햇살 드는 창

시음사
시사랑음악사랑

발간사

존경하는 대한문인협회 경기지회 정회원 시인작가 여러분! 동인지 창간호 〈햇살 드는 창〉의 출간에 즈음하여 감사와 축하를 드립니다.

2016년 현대시 백년을 즈음하여 시행한 "詩" 자연에 걸리다, 라는 테마로 (사)창작문학예술인협의회 김락호 이사장님의 주관으로 대전 한남대학교 서의필 홀에서 시화전시를 시작하여 전국을 순회하며 독자와 함께하는 뜻깊은 행사를 했습니다.

대한문인협회 경기지회는 인천대공원에서 100인의 명인 명시를 전시하고 성황리에 시화전과 시낭송회를 마쳤습니다.

문학의 향상발전과 회원 상호 간의 친목 도모로 경기지회는 발전기를 맞고 있으며 현대 시를 대표하는 역량 있는 시인 41 동인께서 엄선해 발표한 창작시로 동인지를 창간하게 되었습니다.

지난봄 전국 지회별 장기자랑에서 영예의 대상에 선정된 100만 원의 상금을 동인지 발간에 후원해 주신 김락호 이사장님과 임원님들께 감사드리며 이에 부응하여 동인지 발간에 적극적으로 참여해 주신 41동인 시인님 고맙습니다.

대한문인협회 경기지회 동인지 창간호 〈햇살 드는 창〉의 깊은 의미를 새기면서 훗날 문학의 값진 보석으로 길이 빛나는 동인 시집이 될 것을 기대합니다.

또한, 이를 계기로 경기지회가 대한문인협회의 초석으로 승화되기를 바랍니다. 동인지 발간에 수고하신 임원과 참여하신 시인님들과 이 기쁨을 함께 나누며 경기지회 작가 여러분의 발전과 건강을 기원합니다. 감사합니다.

대한문인협회 경기지회 지회장 김선목

* 목차 *

강사랑	004	윤정연	131
국순정	010	이민호	137
김경렬	016	이순구	144
김광식	022	이정란	150
김미숙	028	이철기	156
김상호	035	임숙희	162
김선목	041	장미례	168
김성희	047	장춘희	174
김소미	053	전선희	180
김 영	059	정미숙	186
김회선	065	정연희	192
노금영	071	정태중	198
문방순	077	조동선	204
문재평	083	조민희	210
민병주	089	주응규	216
박미향	095	최상근	222
서미영	101	최원종	228
서복길	107	한진섭	235
안선희	113	홍대복	241
양상용	119	홍성길	248
유석희	125		

햇살 드는 창
대한문인협회 경기지회 동인문집

강사랑 시인

♣ 목차
1. 행복을 짓는 여자
2. 첫눈에 반한 사랑
3. 봄비 마중
4. 아버지와 노래
5. 겨울 등대

■ 프로필

대한문학세계 시 부문 등단
(사)창작문학예술인협의회 정회원
대한문인협회 경기지회 정회원

〈수상〉
2015.12.20. 한국 문학 발전상
2016.06.19. 한줄 시 짓기 전국 공모전 대상
2016.09.25. 순우리말 글짓기 전국 공모전 장려상

행복을 짓는 여자

풀잎이 마알간 이슬을 먹고
안개가 신비함을 가져다주는 산골
밤이면 수 없이 쏟아지는 별들을 가슴으로 받아
소녀는 꿈을 꾸었다

하얀 꿈들이 희미하게
도시로 깊은 도시로
세월 따라 흘러왔다

자아가 꿈틀거리는 오직 나
그 하나가 둘로 둘에서 넷으로
풍성해진 식탁이다

매일 같이 떠오르는 태양을
그들에게 나눔 해주는 삶이다
해 뜨면 사방으로 흩어졌다가
해지면 내 곁으로 모여드는 그들을 위해
편안함의 휴식을 저축한다

세상이 험난하여도
내 빛을 바라보는 나 닮은 너를 위해
부끄럽지 않게 걷고 또 걸으며
밥 뜸 드는 냄새를 집안 가득 채운다

첫눈에 반한 사랑

줌으로 널 끌어당긴다
한 눈으로 널 바라봤을 때
내 가슴에 널 찍었다

너는 꽃이요
너는 하늘이요
너는 나무이며
너의 아름다움을 내 눈에 다 넣어
심장 깊숙이 숨겨 놓고
어쩌다 생각이 나면
그때 또 한 번 꺼내본다

셔터를 누르며 빛을 너에게 보내면
화들짝 놀란 나는 그 순간
아름다운 시간을 멈추게 할 수 있다

뷰파인더로 보는 세상에는
또 다른 나를 담을 수 있는 소우주가 있다

봄비 마중

강사랑

예쁜 임이 오신다기에
노란 우산 하나 들고 봄 마중 갑니다

시가 되고
그림이 되는 풍경을 한 아름 안고
소리 없이 사뿐사뿐 걸어오십니다

봄 바구니에 쑥과 냉이를 가득 담고
해맑은 미소 한가득 담아 오십니다

진달래와 개나리를 닮아
가녀린 몸이지만
오시는 임 반기려 커다란 목련을 피웠습니다

노란 우산 살며시 감추고
먼 길 오신임을 온몸으로 맞이하면
설렘에 순간의 행복은 기쁨의 눈물 되어
소리 없이 대지의 깊은 곳까지 적십니다

내일은 온 세상에 봄꽃이 만발할 것 같습니다

제목 : 봄비 마중
시낭송 : 김지원
스마트폰으로 QR 코드를 스캔하면
시낭송을 감상할 수 있습니다.

아버지와 노래

강사랑

노래 속에 아버지의 삶이 있다
아버지 삶 속에 노래가 있다
노래 한 가락 한 가락이 아버지다

푸른 목장에 젖소 다섯 마리가 새벽을 깨우면
아버지는 양동이에 하얀 희망을 짜냈다
덜컹거리는 비포장도로를
자전거 페달을 밟으며 음표를 달았고
집으로 돌아오시는 아버지의 발걸음엔
내 새끼들 웃음을 빈 우유병에 담았다

아버지는 노래하는 직업을 가진 것도 아닌데
노래를 하시고 노래 속을 걸으셨다
어린 소년가장의 가난함도 노래로 채우며
젊은 시간의 부서진 아픔도 장구 소리에
설움을 다 담았다

　　　　　　　　초록 무성한 이파리엔 어느새
　　　　　　　　흰 눈이 내려앉고
　　　　　　　　굽어진 가지만 앙상하여
　　　　　　　　좀처럼 펴지질 않는 늙은 청춘이 되었다

　　　　　　　　적막한 밤을 소리 없이 씹어 삼키시며
　　　　　　　　썩지 않을 눈물로 하루를 재우고
　　　　　　　　말 없는 가르침은 늘
　　　　　　　　우유 빛깔을 닮으라 하였다

겨울 등대

강사랑

눈이 오지 않은 겨울 가뭄에 갈증이 난다
갈증이 나서 바닷물을 마셨다
바닷물은 술이 되어 출렁거리지만 취하지 않는다
나는 그 자리 변함없이 지키고 있는데 세월은
어느덧 젖먹이 아기를 큰 아이로 만들어 버렸다
오늘도 최선의 노력으로 피아노 발성 연습을 하지만
10년이 되어도 그 자리다
밤이 내려앉은 깜깜함에 등불을 밝혀야 한다
거침없이 출렁거리는 파도를 견디며 달려오는 배 한 척의
심장 소리를 들어야 하기 때문이다
늘 변함없이 기다리는 마음 하나 등대여!
저녁 식탁은 널브러져 있다
아침에 먹다 남은 해장국과 우유와 맥주 한 캔이 전부인
겨울 등대의 만찬이다
그리고 뜨다만 털목도리가 식탁 구석에 자리한다
완성되지 않은 털목도리는 겨울 찬바람을 막아 줄 거라는
희망의 입김을 내고 있다

제목 : 겨울 등대
시낭송 : 박영애
스마트폰으로 QR 코드를 스캔하면
시낭송을 감상할 수 있습니다.

햇살 드는 창

대한문인협회 경기지회 동인문집

국순정 시인

♣ 목차

1. 타버린 애련
2. 그대라는 꽃
3. 해를 담고 흐르리
4. 가을이 아프다.
5. 그리움의 비밀 낙원

■ 프로필

경기 안산 거주
대한문학세계 시 부문 등단
(사)창작문학예술인협의회 정회원
대한문인협회 경기지회 정회원
서정문학 정회원
대한창작문예대학 6기 졸업
문예창작 지도자 자격 취득
대한창작문예대학 졸업 작품 경연대회 장려상
2016년 대한문인협회 5월 3주 금주의 시 선정
《조가비의 전설》

〈공저〉
동반의 여정 (제6기 대한창작문예대학 졸업 작품집)

타버린 애련

국순정

무엇이 꽃잎을
저토록 붉게 타오르게 했는가
애끓는 기다림인가
뜨거운 사랑이던가
드러내지 못한 욕정의 외침이던가
아!
너의 절규가 슬프구나

무엇이 꽃잎을
이토록 눈물 나게 했는가
부끄러운 순정이런가
비밀스러운 입술이런가
타지 못해 멍들어버린 애련이런가
아!
너의 영혼이 아프구나

무엇이 꽃잎을
살얼음으로 떨게 했는가
시린 동백을 품었더냐
한 서린 사랑을 앓았더냐
떠난 임 그리다가 찢긴 가슴의 선혈이더냐
아!
너의 노래가 목젖을 타고 넘는구나

그대라는 꽃

국순정

앙상하던 가지
검붉은 꽃망울에
그대 떠나던 날 숨통 끊어지던
그 아픔 고스란히 담겨
꾹꾹 눌러 감싸놓은 내 아픔
한 겹 열고 또 한 겹 열어
그대라는 꽃이 핀다

백 년 지나도 붉은 치마
너울대고 피어날 터인데
첫사랑 꽃이 또 피어난다

사무치는 그리움
부르지 못해 애타던 수많은
까만 밤이 나를 외면했고
닫힌 가슴과 꽉 다문 입술이
침묵을 지켜야 할 때
가슴속 심장의 눈물은
더 뜨거워야 했다

피맺힌 꽃망울
내 가슴속에 못으로 박혀
기나긴 여정을 함께 하자며
봄이면 꽃인 양 피어나는
그대라는 꽃

제목 : 그대라는 꽃
시낭송 : 김락호
스마트폰으로 QR 코드를 스캔하면
시낭송을 감상할 수 있습니다.

12

해를 담고 흐르리

국순정

굽이쳐 돌아가는 물살에
힘겨운 삶이 돌고

소리 없이 흐르는 강물에
인생역경 녹아있네

투박한 질그릇 깨진 옹기에
가난에 찌든 아낙의 눈물

웃음 뒤에 감춰진 세월
남몰래 흘린 눈물이 강물인 것을

어이 하야 이내 마음
강물처럼 흐르지 못하는가

눈물도 고뇌도 헛된 욕망도
서러움도 힘겨움도 포용하고

말없이 소리 없이 유유히
해를 담고 흐르리

가을이 아프다.

국순정

지독한 외로움으로
상처 난 가슴 위로받지 못해
가을이 아프다.

황망히 휘몰아치는 바람
가슴을 뚫고 지나고
핏빛으로 물들어버린
단풍나무 아래 쓸쓸함으로
마음 둘 곳 없어
가을이 아프다.

내리는 비에 젖어버린 낙엽으로
시멘트 바닥에 붙어
겨울이 오기를 기다리는 처량함으로
가을이 아프다.

웃으며 떠나보낸 사랑
잊지 못해 애달픔에 쓰러져
진한 국화 향기에
찢긴 마음 담아 날려보아도
임에게 닿아 전하지 못해
가을이 죽도록 아프다.

그리움의 비밀 낙원

국순정

시간이 멈춘 그곳에
내 눈물도 멈춘다
가물어 말라버린 내 사랑
단비를 만나 미소 짓고

그대의 숨결 살아나
달빛으로 나를 감싸면
가녀리게 떨리는 입술
엷은 미소 뒤로
아픈 시간은 묻히고
못다 한 사랑꽃 피어난다

별빛 같은 눈망울에
가득 찬 그리움 비워지면
애틋하던 사랑의 몸부림
비몽속에 사라져버리고
주섬주섬 향기까지 담아
추억의 보따리를 싼다

비밀낙원에 별빛이 사라지면
끝없는 그리움
마음속 방 한 칸 차지하고
다시 열리는 그 날을 기다리며
침묵의 노래를 부른다

햇살 드는 창

대한문인협회 경기지회 동인문집

김경렬 시인

♣ 목차

1. 여 정
2. 그믐달
3. 별 바라기(순우리말 시)
4. 초당 오백 리
5. 그저 웃는다

■ 프로필

(사)창작문학예술인협의회 정회원
경기문학인협회 정회원
대한문인협회 경기지회 감사
대한문학세계 시 부문 신인문학상 수상
대한문학세계 수필 부문 신인문학상 수상
순우리말 시 전국 공모전 동상 수상
대한문인협회 문학발전상 수상
대한문인협회 우수시 선정
대한문인협회 좋은 시 선정
대한문인협회 우수작품 선정
특별초대 시화전 작품 선정
극동방송 작품 발표(좋은 아침입니다)

〈저서〉
시집 "날개를 달다 노래에"

여 정

김경렬

심연 속의
둥근 달
어두움에 내 걸고
밤을 열고 떠나온 길

달빛 타고 달려서
여명의 미로에 선다
희망이 끓는 불을 토한다

마주 보는 태양이
무지개를 머금고
무화과에 오미자
와글대는 자갈길

무엇 하나
쉬운 게 있었으랴만
그래도 여기

무지개 언덕에는
넉넉한 마음들이
내일을 노래하고
눈 맞추며 한 잔의 정을 나눈다

 제목 : 여정
시낭송 : 박태임
스마트폰으로 QR 코드를 스캔하면
시낭송을 감상할 수 있습니다.

그믐달

탐욕이 갉아낸
한 조각 눈썹
서서히 내려앉아
안갯속에 숨어들어

칠흑에 자리 틀고
목하, 묵언수행 중

살며시 어둠을 밀어내며
잉태의 산통으로
솟아오른 실눈 하나
오이씨 곱게 가꾼다

옹골찬 큰 박 하나
달빛으로 걸렸다

길가는
나그네 걸림돌
피해가라 길 터주고
꽃밭 가득 파랑새를 심는다.

별 바라기(순우리말 시)

김경렬

퍼지는
*동살 따라
*사운 대는 실버들

*마녘의
소슬바람
*하늑이는 잎파랑이

버들피리
*살가운 노래
임에게 띄우리다

철이 가고
해가 가도
*사울지 않는

어둔 밤
임 그리는
별 바라기

---

*동살/ 아침 햇살
*사운대다/ 조용히 소리 없이 가만가만 움직이는
*마녘/ 남쪽
*하늑이는/ 길고 긴 나뭇가지 따위가 힘없이 늘어져 보드랍게 흔들리다
*살가운/ 예쁘고 정다운
*사울지/ 사라지지

초당 오백 리

김경렬

강릉 땅 초당 찾아 영동 오백 리
호호 하하 달려서 경포호에 당도하니

울창한 솔밭 속 난설헌의 생가라

솔 향으로 빚었을까 쪽빛으로 빚었을까
난설헌 글재주는 신선 재주'라 했네

파도를 양념 삼아 푸짐한 해물 한 상
해삼 주에 산삼 주 어화둥둥 노랫가락

파도 타는 젊은이 신바람을 타는구나

차창 밖 초승달은 가는 임이 아쉬워
눈도 크게 못 뜨고 실눈으로 바라보네

그저 웃는다

김경렬

걸핏하면
솟구치는 천둥 번개는

치열하게 내 달려
고독단신 엮어 쌓인 병증이었다

돌아온 본래 모습
맑은 웃음 순량하다

새까만 옹이들
하얗게 날렸다

가끔은
욱하고 불뚝 거려도

애교로 받아주며
그저 웃는다

그저 웃 · 는 · 다

햇살 드는 창

대한문인협회 경기지회 동인문집

김광식 시인

♣ 목차

1. 산다는 것은
2. 달팽이의 지혜
3. 한 잔의 와인
4. 그랜드 캐니언에서
5. 소중한 추억들

■ 프로필

호 : 賢草
경기도 안양시 거주
대한문학세계 시 부문 등단
(사)창작문학예술인협의회 정회원
2012년 대한문인협회 이달의 시인
2012년 대한문인협회 예술인 금상 수상

〈공저〉
명인명시 특선시인선(2013)
움터 영상학회 6호(2013). 7호(2014)

산다는 것은

김광식

산다는 것은
밀린 숙제를 하듯이 한꺼번에
다 넘겨 버리는 것이 아니다

한 장 두 장
인물화를 그리듯
섬세하고 깊이 있게 살라는 것이다

살포시 웃음을 띠면
따뜻한 햇살이 미소로 맞이하고
해학으로 풀어가는 인생이 아름답다

그래도 부족하면 함박웃음으로
가슴 깊이 품어주고
사랑으로 보듬어 주는 것이다.

달팽이의 지혜

갈 길을 정한 달팽이
목표를 향해
부지런한 발길을 옮긴다
너무 늦어
느림보인 너는
언제쯤 이곳에 도착할까

끈기와 인내로
목표를 향한 너의 집념은
불꽃처럼 타오르고
때를 기다릴 줄 아는
믿음과 이루고 싶은 욕망
끝없는 도전과 투지

느려도 참고 견디는
인내로 다가가는
참다운 너의 끈기
기다림의 지혜를 배운다.

한 잔의 와인

입술에 살며시 닿으면
걸리는 것 없이 코끝에 스치는 향기
살짝 혀끝에 머물고
한 모금
입안에서 폭풍을 일으키면
부드럽게 와 닿는
달콤한 사랑의 입맞춤

매끄럽게 미끄러지듯
향긋하게 넘어가는 맛
잊을 수 없는 진한 향기
내 가슴에 짜릿하게 들어와
잔잔한 여운을 남기고
가벼운 흥취에
마음은 새털구름같이 사뿐사뿐

입안에 감도는 향기는
갓 채취한 산나물의 향이런가

부드럽게 휘감아오는 소슬바람에
마음은 한가득 취하고
볼그레 진 얼굴에 사랑이 넘친다.

그랜드 캐니언에서

김광식

끝없이 펼쳐진 광야를 따라
불쑥불쑥 드러나는
장엄한 계곡들의 황홀한 모습이
저절로 감탄을 자아낸다

주차장을 가득 메운 차들의 행렬
이 아름다운 경치를 보기 위하였음을
새삼 알 것 같다

자연에 순응하며
태초의 모습을 간직한 채
깊고 심오한 매력을 뿜어내는 순수함
계곡은 물결치듯 메아리치고

신이 만들어낸 경이로운 신비가
여행객들의 탄성을 자아내고
환상의 드라마를 마음과 눈으로 담아내려는
찰칵대는 셔터 소리
형용할 수 없는 위용에
새삼 숙연함을 느낀다.

소중한 추억들

김광식

가만히 눈을 감고
추억을 떠올리면
하나둘 잊혀 진 기억들이
책을 펼치듯 스쳐 지나간다

하나하나 늘어난 페이지는
살아온 가녀린 날의 삶을 기억하고
새롭게 장식하며
작은 노트에 무수한 별이 되어
깨알같이 쏟아진다

아픔, 기쁨과 슬픔,
역경을 이겨낸 숱한 이야기
흘러가는 물처럼
밀려오는 파도처럼

스치는 소리는 그칠 줄 모르고
인생의 뒤안길에서
고요히 되 삭임 질 하며
소중한 기억을
추억으로 되돌리고 있다.

햇살 드는 창

대한문인협회 경기지회 동인문집

김미숙 시인

♣ 목차

1. 질주
2. 세상의 기쁨인
   그대 두 사람
3. 해처럼 크거라
4. 큰언니
5. 산길을 걸으며

■ 프로필

경기도 남양주시 거주
서정대학교 사회복지행정과 재학중
2015년 대한문학세계 시 부문 등단
(사)창작문학예술인협의회 정회원
대한문인협회 경기지회 정회원
대한시낭송가협회 회원
대한창작문예대학 6기 졸업
문예창작지도자 자격 취득

〈공저〉
제6기 대한창작문예대학졸업 작품집 〈동반의 여정〉

질주

김미숙

겹겹이 둘린
흐린 능선을 양쪽으로 젖히며
달포마다 물길이 열리는
신령스런 바닷길을 들어서듯
푸른 설렘을 안고 내달리는 질주

그곳으로 향하는 이들의 한결같은 바람
해를 물었다 놓았던 자리
시퍼렇게 매 맞아도 출렁이는 열망
외딴섬이어도 좋다

천 년을 살아 숨 쉬어도 지치지 않는
검은 바위의 등살을 타고 넘으며
누구의 입이든 전설처럼 편안하게 읊조리는
한 구절의 싯귀를 찾아 길을 나선다

제목 : 질주
시낭송 : 박영애
스마트폰으로 QR 코드를 스캔하면
시낭송을 감상할 수 있습니다.

세상의 기쁨인 그대 두 사람

김미숙

향기로운 인연으로 만난
아름다운 두 마음이
풀꽃처럼 싱그러운 시간 앞에 와있어라

서로를 바라보는 깊은 눈동자는
사랑의 맹세로 아름답게 빛나고
둘의 몸이지만 한 인생으로 살아가며 행복하리라

맞잡은 두 손은 시련 속에서 서로를 지켜주며
둘의 날개를 합쳐 더 힘찬 미래로 날아가리니
한 지붕으로 찬란한 햇빛을 받으며

두 사람의 둥지로 들어서는
따뜻하고 힘 있는 발걸음은
영원히 두려움 없는 동행으로
오랫동안 행복하리라

해처럼 크거라

아이야!
너는 해처럼 크거라

너른 바다 일렁이는 푸른 파도 내려다보고
순풍에 돛단배 순항하듯
바다를 품어안고 그렇게 자라거라

아이야!
너는 해처럼 크거라

동글동글 자갈돌
고동 소라들의 따뜻한 사랑노래 들으며
웃음 가득한 소년으로 자라거라

기운차게 비상하는
돌고래의 기상으로
눈부신 시간의 주인공으로

맑은 네 웃음이
해처럼 둥그런 마음으로
온세상 내리 비추는
큰 마음으로 자라거라

아이야!
너는 해처럼 크거라

31

큰언니

김미숙

넓다란 대청마루 아래 댓돌 위
가지런히 놓인 내 언니 신발만 봐도
어린 나는 금세 노랗게 방그레 웃는
행복한 해바라기 꽃이 되었습니다

사랑방 문을 열어보면
치자색 노란 비닐 장판 위에
곱게 말린 마른 꽃잎과 단풍잎을 펼쳐놓고

어디론가 띄울 연서들을 꼭꼭 적어 편지를 쓰던
내 언니의 눈부시게 아름다웠던 모습들
열 살이 되던 해 언니가 시집을 갔습니다

매년 늦은 가을 문풍지를 바르는 날
언니와 예쁜 꽃잎과 단풍잎을 말려두었다가
창호지 사이에 붙여 바르면 문고리를 잡을 때마다
예쁘고 고와서 좋았었는데

언니가 떠나고 없는
흰 창호지만 휑한 방들의 문짝을 보며
언니가 시집가던 날보다
더 허전하고 슬퍼서 훌쩍훌쩍 울었습니다

샘물처럼 솟아나는 끝없는 사랑
지극한 사랑 우물처럼 퍼주기만 하는
우리 큰 언니 사랑하고 또 사랑합니다

나는 아직도
언니만 있으면 온 세상이 그득한
언니 바라기인 작은 계집아이입니다
언니만 보면 좋아서 벙글벙글 노랑
꽃 웃음이 헤픈 철없는 해바라기꽃입니다

제목 : 큰언니
시낭송 : 박영애
스마트폰으로 QR 코드를 스캔하면
시낭송을 감상할 수 있습니다.

산길을 걸으며

김미숙

오래전 걸었던 산길을 걸으면
하얀 싸리꽃 무더기 위에
길게 늘어진 꽃가지 하나가
어서 오라 손짓하며 바람타고 일렁이네

작은 산을 넘으면
엄마 아버지 나란히 흙을 일구시던 곳
두 내외 손발 거칠고 고단해도
눈뜨면 돌을 고르고 호미질하며
사철 칠남매 끌어안고 희망의 씨를 뿌리던 곳

산속 어디선가 그때처럼 산 뻐꾸기 울고
능선 넘어 금방이라도 소를 몰고 밭을 갈러
오실 것만 같은 그리운 아버지

푸른 초목 파란 하늘은 예전처럼 그대로인데
마른 잡초만 무성한 빈 밭이 세월을 멈추고
돌아앉아 본체만체 무심하다

김상호 시인

♣ 목차

1. 물레방아
2. 잡초
3. 달님의 고뇌
4. 꿈의 여행
5. 길

■ 프로필

1969.5.21.생
경북 경주 태생
경기도 화성 거주
호는 태공
(사)창작문학예술인협의회 정회원
대한문인협회 경기지회 정회원

사람을 믿고, 삶을 믿고, 최선을 다하는 사람
사랑하고 존중하며 이해하면서 살고 싶은 사람
그리고 소중한 모든 이를 지키는 사람이
되고자 하는 사람입니다.

물레방아

김상호

세월의 물줄기가 물레에 떨어지면
물레는 쉼 없이 돌고 돌고
돌고 도는 물레의 힘으로
절구도 끊임없이 절구질 하네

절구 속 곡식이 옷을 벗으면
힘든 물레는 잠시 쉬어가지만
세월에 상처 입은 물레는 돌지 못하고
본인의 자리를 내어주고 꿈을 꾸네

잡초

김상호

나도 평탄하고 부드러운 곳에 피고 싶었다
어디에도 의지할 수 없는 도로변에 핀 잡초가 아닌 꽃으로

나도 이쁘고 아름다운 꽃으로 피고 싶었다
모든 이의 눈길 받고 사랑받는 꽃 잡초가 아닌 꽃으로

나도 생명이 다할 때까지 피는 꽃이 되고 싶다
보도블록에 피어 예초기에 잘려나가는 잡초가 아닌 꽃으로

나도 세상의 삶에서 살아나고 싶다
인간 세상에서 최소한 잡초가 아닌 들꽃으로

달님의 고뇌

김상호

밝은 달님이 환한 웃음으로
대지에 축복의 빛을 비추면
사람들은 두 손 모아 소원을 빈다

환한 빛으로 달님이 웃으며
세상의 많은 곳에 희망을 비추면
또 다시 두 손 모아 소원을 빈다

많은 소원에 응답할 수 없는 달님은
붉은 얼굴로 고뇌의 빛으로 호소하지만
생각없는 인간은 자신만의 소원을 빈다

꿈의 여행

김상호

청정 하늘 위로 조각배가 떠나네
곱고 고운 조각배가 순풍을 타고
파란 바다 위로 둥실 둥실 떠나가네
어떠한 근심도 없이 자유로운 항해로

바람도 조각배 여행에 동행하네
어디로 가는지 목적지도 모르지만
상관없이 자유롭게 여행을 떠나네
바람과 함께 온 세상 여행지로

나도 조각배와 같이 떠나가고 싶네
바람이 나를 조각배에 동승을 허락한다면
바람과 함께 조각배와 함께 떠나고 싶네
사랑하는 이와 소중한 이 모두 태우고

길

김상호

어디가 끝이고 어디로 가는지도 모르는 길
정해진 길인지 선택한 길인지 모르지만
한 걸음 두 걸음 자신도 모르게 영역을 표시하듯
그 길 위에 흔적을 남기며 걸어간다.

선택의 길일까 아니면 예정된 길일까
누군가는 알고 있는 길을 나만 모르고 가는 걸까
그래서 기쁘고 즐거운 길보다 힘들고 어려운 길
기억 속에 자리 잡고 가슴을 아프게 하는 길

끝이 보이고 막다른 길이라는 것을 알면
걸어온 길을 다시 따라 돌아갈 수 있을까
시간을 돌려서 다시 돌아갈 수 있다면
나는 지금의 그 길을 선택하지 않으련다.

햇살 드는 창
대한문인협회 경기지회 동인문집

김선목 시인

♣ 목차
1. 가온 누리
2. 삶의 끈
3. 들꽃 같은 당신
4. 그리운 어머니
5. 동행

■ 프로필

경기도 화성 출생
호는 해산(海山)
2015년 대한문학세계 시 부문 등단
2015년 (사)창작문학예술인협의회 정회원
2016년 대한문인협회 경기지회 지회장

〈수상〉
2015년 대한문학세계 시 부문 신인 문학상
2015년 순우리말 글짓기 전국 공모전 은상
2015년 한국문학발전상 수상
2015년 현대시를 대표하는 "명인명시 특선시인선" 선정
2016년 한줄 시 짓기 전국 공모전 금상
2016년 순우리말 글짓기 전국 공모전 금상

〈공저〉
현대 시를 대표하는 〈명인명시 특선시인선〉
문학이 흐르는 여울목 〈움터〉

가온 누리

김선목

우리나라 꽃을 멋지게 노래하는
그대는 누구 그 누구시기에
산다라한 모습 대나무 같으신가?

가온길 가리라던 젊은 꿈이
세차게 솟구치던 그 옛날
나랏일이 바람 앞에 촛불 같을 때

이 나라 살린 목숨 바친 눈물
나라 사랑한 자랑스러운 얼굴들
나린 한 별 온 누리에 빛나누나!

오늘도 대쪽처럼 꼿꼿한 초아는
드렁칡처럼 얽힌 부라퀴에게
대쪽 들고 가온 누리 꾸짖는다.

2015년 순 우리말 글짓기 전국 공모전 은상 수상작

삶의 끈

김선목

내 마음에 걸리는 사람 때문에
마음이 아파져 옵니다.
내 어깨에 기대는 사람 때문에
어깨가 무겁습니다.

혼자서 해야 할 일 너무 많아서
손발이 저릴지라도
혼자서 감당할 일 너무 벅차서
가슴이 답답할지라도

가끔은 무거운 가슴 펼쳐놓고
웃어 보기도 하면서
가끔은 힘겨운 어깨 풀어놓고
기대 보기도 하면서

내 마음에 걸리는 사람 위해서
행복의 끈을 잡습니다.
내 어깨에 기대는 사람 위해서
희망의 끈을 잡습니다.

제목 : 삶의 끈
시낭송 : 김지원
스마트폰으로 QR 코드를 스캔하면
시낭송을 감상할 수 있습니다.

43

들꽃 같은 당신

김선목

들꽃처럼 소박한 나만의 당신
나는 들꽃을 맴도는 들풀처럼
당신을 바라볼 수 있어 행복합니다.

아침 이슬 영롱한 꽃 이야기
밤안개 속삭이는 아늑한 사랑아
당신을 사랑할 수 있어 행복합니다.

비가 오나 바람 부나 서로가
서로를 위로하고 감싸주면서
당신과 동행할 수 있어 행복합니다.

내 가슴에 핀 들꽃 같은 당신
한평생 함께 익어가는 사람아
당신이 곁에 있어 진정 행복합니다.

그리운 어머니

김선목

찔레꽃 향기로운
내 고향 오솔길
아침 햇살 한 아름
안겨올 때면

내 맘에 피어나는
어머니 생각에
그리워 그리워서
먼 하늘 바라보며

어머니, 어머니,
어머니를 불러봅니다
보고 싶은
나의 어머니……,

가슴에 밀려오는
어머니 생각에
보고 싶고 보고 싶어서
저 먼 달을 보며

그리움이 밀려오는
달빛 고운 밤
소쩍새 우는 소리에
애절한 마음

어머니, 어머니,
어머니를 불러봅니다
보고 싶은
나의 어머니……,

가곡작시

45

동행

김선목

언제일까? 둘이 함께 걸어온 길
우리는 좁고도 긴 이 길을 함께하며
험한 길 평탄한 길 탓하지 아니하고

서로를 위로하고 서로를 감싸주며
길고도 짧은 세월 함께하니 행복하오!
이것이 사랑이라 이것이 인생이라.

햇살 같은 미소로 하루를 맞이하며
얘기를 하지 않아도 마음이 통하는
천사 같은 당신이 있어 행복한 일상

그대와 가꾸어 가는 사랑의 꽃밭에서
당신이라는 사랑의 꽃 정성으로 가꾸며
오래오래 함께, 동행하며 살아가요.

가곡 부부작시

햇살 드는 창

대한문인협회 경기지회 동인문집

김성희 시인

♣ 목차

1. 하 루
2. 스마트 폰과 사람
3. 고운사랑
4. 지는 꽃
5. 다래 향 찻집에서

■ 프로필

대전광역시 출생
경기도 군포시 거주
대한문인협회 시 부문 신인 문학상 수상
사)창작문학예술인협의회 정회원
대한문인협회 경기지회 정회원
이든 문학회 정회원

시작 노트

　비우는 것은 채우기 위하여 그 공간을 남겨 놓는 것이다. 모든 것이 채워지면 새로운 것을 채우기 위하여 비워 놓아야 하는 것처럼 삶은 모두 채워지고 모두 비워 지는 것이 아닌 것을 사람의 욕심이 잘못된 것을 비워 내지 못하는 것이다. 낙엽은 다시 새 잎을 피우기 위하여 나무에 머물려 하지 않고 스스로 자신을 떨구어 낸다. 제철이 끝나면 자신을 비울 줄 아는 겸손을 우리는 지는 낙엽에게 배워야 하는 것일까...

　가을을 재촉하는 늦은 여름비를 맞으며 가난한 마음이 내리는 빗방울에 추위를 탄다. 가슴 속에 웅어리진 묵은 체증을 모두 내려놓기가 이리도 힘들고 어려운 것임을 잡을 수 없는 욕망의 불길과 헤어 날 수 없는 세속의 늪에서 우린 무엇을 찾으려하는가. 사랑도 욕심도 가지고 싶은 것이 인간의 본능이고 사람의 모습이다.

　비우자, 빗물에 씻어 내고 햇살에 말려 내 어리석음의 무게를 줄여 보자. 그리하여 내 빛바랜 마음이 누군가에게 사랑의 향기로 채워 질 수 있다면 형식적인 언어의 표현이 아닌 묻어나는 가슴으로 전할 수 있는 글을 쓰고 침묵 속에 내가 있기를 소망해 본다. 오늘이라는 시간은 다시 올 수 없기에 사랑하고 싶을 때 사랑하고 그리워하고 싶을 때 그리워하자.

하 루

김성희

여우비 스쳐간 파아란 하늘
하얀 새털구름 그린나래 옷을 입는다
사글사글한 바람이 귓불을 스치는
눈부시게 좋은 날
망설임 없이 흐르는 오늘이라는 시간 앞에
몽그라진 나를 비우고
들 향기 다문다문 이어진 솔 길에 서면
다보록한 날에 싱그러운 잎새처럼
그리움으로 다가오는 그린내여

부등깃 같은 여물지 못한 미련한 마음이
외로움에 지친 어진 그대의 가슴을
곰살궂게 그느르지 못한 어리석음으로
설운 아픔만을 남기고
성금 없는 허무룩만이
산마루에 걸린 매지구름 같구나.

노을 속으로 하루가 내려앉고
어둠이 불빛 아래 젖어 드는 밤
채워지지 않는 목마른 외로움이
가슴 빈자리 그리움 되어
뚝뚝 떨어져 내린다.

*여우비: 햇빛이 비치는 날에 잠깐오다 그치는 비 *그린나래: 그린듯이 아름다운 날
*사글사글: 상냥하고 부드러운 *다문다문:잦지 아니하고 드문드문
*다보록: 탐스럽고 소복한 *그린내: 사랑하는 사람 *부등깃: 갓난 새끼의 덜 자란 것
*그느르지: 허물을 덮어주고 보살펴줌 *성금:말한 것이나 일한 것의 보람
*허무룩한: 마음이 서운하고 허전한 모양 *매지구름: 비를 머금은 검은 조각 구름
*곰살궂게:성질이 부드럽고 다정한 *허무룩한: 마음이 서운하고 허전한 모양
*성금:말한 것이나 일한 것의 보람

스마트 폰과 사람

김성희

기계의 문명 앞에 사람들은 스스로 고독하다
스마트 폰에 고정된 눈과 손은
입도 귀도 걸어 잠가 버렸다
삶의 모든 것들이
스마트 폰 안에서 이루어지고
꽃들의 미소, 바람의 소리
소소한 삶의 대화도 심장이 아닌
스마트 폰 속에서 소통 된다
두뇌보다 작은 스마트 폰이
넘치는 용량에 터져 버릴 것만 같다
사람이 그립다
눈을 마주하고 무릎 맞대고 앉아
함께 이야기하고 함께 손잡고 걸을 수 있는
사람이 그립다
모두들 스마트 폰과 말하고
스마트 폰을 안고 걷는다.

오늘 하루 눈도 없고 귀도 없는
벙어리 스마트 폰을 닫아 보자
자유로운 영혼의 숨소리를 들으며
순한 바람을 맞고
춤추며 노래하는
잎새들의 소리에 귀 기울여 보자
잠자는 나의 감성과 닫힌 입술을 열고
스마트 폰에 갇힌 고독한 영혼을
사람의 언어로
살아 움직이는 삶 속으로 끌어내 보자.

고운사랑

김성희

나뭇가지 사이로
기지개를 켜는
느린 햇살처럼
이슬 위를 걷는 연한 꽃잎 같은
고운 사랑이
하얀 눈썹 낮달 속에서
수줍은 미소를 건넨다

낮빛 익어가는 들녘
노란 배추 속살 속에 숨어
이별의 인사도 없이
길 떠나는 고운사랑

미련한 마음이
차곡차곡 쌓여진
얼룩진 기억들을
비워 낼 수 없다고
달맞이 꽃 그림자 등불 안고
까만 밤 보석 같은 별을 헤고 있다.

지는 꽃

김성희

화사하고 아름답던 시절이 지나고
메마르고 생기 잃은 너의 모습이 처량하구나

아름다운 모습에 반하여 너를 품에 안고
밤새 뜰 안을 거닐며
별을 노래하고
달빛에 사랑을 고백하던 이들도
어느 순간 볼품없이 사그라진
초췌한 너의 모습에 눈을 돌린다

잠시 쉬었다 가는 삶이 그러한 것을
허무는 무엇이고 행복은 무엇인가
낡은 꿈들이 이슬에 묻힌다
거스를 수 없는 모든 만물의 이치가 하나이니
바람에 스쳐 초라하게 지는 작은 꽃잎도
살아야 하는 의미는 충분하였다.

다래 향 찻집에서

김성희

다래 향 찻집에 앉아
노년의 지혜를 읽는다
적당히 어수룩하게 사는 게 현명한 삶이라고
아련히 내리는 봄비는
연한 잎 새의 풋 가슴을 흔들어 대고
은은한 다래 차 향기는 고즈넉한 산사에 스미어
오고가는 길손을 부른다

천 년을 이고 앉은 은행나무는
소리 없는 인고의 세월을 말하고
고독한 영혼의 슬픈 사연들이
안개비에 젖어 운다

　　　　가랑비에 굼실대는 뻐꾸기 울음소리가
　　　　지워지지 않는 그리움에 몸부림치는
　　　　모정(母情)을 닮았구나
　　　　간간이 울어 대는 풍경소리는
　　　　애닲은 초련(初戀)에 설운 마음을 녹이고
　　　　그리움은 빗물을 타고 흐른다

　　　　아픈 추억 하나쯤 안고 사는 것
　　　　그것이 인생이다
　　　　산다는 것 그 지독한 열병도
　　　　세월의 뒤안길에서 잠시 돌아보면
　　　　추억을 지우는 지우개 되어
　　　　저 오랜 은행나무처럼 묵묵히 익어 가리라

햇살 드는 창

대한문인협회 경기지회 동인문집

김소미 시인

♣ 목차

1. 사월의 노래
2. 시월의 숲으로 가자
3. 천년의 사랑
4. 그리움
5. 추억의 안단테

■ 프로필

전북 장수 출생
경기도 부천시 거주
대한문학세계 시 부문 등단
(사)창작문학예술인협의회 정회원
대한문인협회 한 줄 시 공모전 장려상 수상
전국 순우리말 글짓기 대회 장려상 수상
대한문인협회 금주의 시 선정
고려대학교 평생교육원 시 창작과정 수료
한국스토리문인협회 정회원
이든 문학회 정회원
문학동인 엔솔로지 〈가슴에 이는 파도〉 공저
주천 연꽃 문학회 엔솔로지 〈무너진 흙담 넘어〉 9회 공저
움터 영상 문학회 7호 8호 공저
시와 글 텃밭문학회 이사
시와 글 텃밭문학회 이달의 시인 선정
시와 글 텃밭문학회 8호 공저
문학애작가협회 정회원
e-mail : Sumuk7@naver.com

사월의 노래

김소미

초록 이슬 또르르
구르는 들 꽃 길 지나서
그리운 그대 손잡고
에메랄드 빛 영롱한
푸른 호수에 가야겠네

하늘엔 새털구름 흐르고
연분홍 꽃잎은 호수에 날리누나
낮은 목소리 다정한 얼굴
그대 눈동자 별처럼 빛나네

리라의 언덕을 넘어
제비꽃 안개 피어오르는
노을 진 호수에 나룻배 띄우고
그대와 풀잎의 노래 부르리
아! 사월의 향기에 젖노라

제목 : 사월의 노래
시낭송 : 박영애
스마트폰으로 QR 코드를 스캔하면
시낭송을 감상할 수 있습니다.

시월의 숲으로 가자

그리운 이여!

우리 손잡고
은사시 나뭇잎
우수수 흩어지는
시월의 숲으로 가자

산 꿩이 날고
다람쥐 도토리 굴리는
사각 사각 낙엽 밟으며
깊은 심연의 숲으로 가자

그리운 이여!

우리 손 깍지 끼고
들 꽃 안개 자욱한
흰 구름 머무는
가을 숲으로 달려가자

산새 노래 하고
은사시 나뭇잎 사이사이
하얀 나비 떼 춤추는
아득한 시월의 숲으로 가자

천년의 사랑

김소미

이리도 그리움이 사무칠 줄 알았다면
당신을 그리 쉽사리 보내지 않았을 것을

천년의 세월이 강물처럼 흘러간들
내 어찌 당신의 참사랑을 잊으리오

홍매화 피어나던 그 밤의 그 언약을
오로지 단 한 사람 당신만을 가슴에 담아

천년을 하루같이 애모하고 사랑했었음을
많은 세월이 흐른 지금 이제사 고백하오

끊없이 구름이 흐르고 흘러
겨울이 다시 와서 산천에 눈 내리니

이 가슴 메이도록 당신이 그립고
서리서리 사무치게 보고 싶을 뿐이오

그리움

김소미

들꽃 흐드러진 바닷가 언덕
안개비에 젖은 나의 카사비앙카
비 오는 아침 창가에서 그대 생각하네
그대 지금 어디쯤 오고 있나요

풀꽃 향기 그윽한 바닷가 언덕
노을 속에 꿈꾸는 나의 카사비앙카
장밋빛 커튼을 젖히며 그대 기다리네
아! 그대는 지금 어디쯤 오고 있나요

추억의 안단테

김소미

어느 푸른 계절
아카시아 꽃잎 지는
서늘한 오후였어
안단테 카페 창가에 앉아
고요히 느린 추억에 젖었지

초록 잎 소근거리는
볕 고운 테라스에
추억들은 별이 되고
에스페레소 그 진한 향기에
그대 그리움도 깊어라

햇살은 산산이 부서지네
안단테 바다 위에
은 나비처럼 팔랑이네
오! 신기루 같은 그대 사랑
파도처럼 밀려오누나

햇살 드는 창

대한문인협회 경기지회 동인문집

김영 시인

♣ 목차

1. 어쩌면 우리
2. 고중유락 (苦中有樂)
3. 늘 그리운 이름 있어
4. 꽃무릇
5. 내 가슴에 피는 꽃

■ 프로필

현) 양평군 거주
호는 채운
대한문학세계 시 부문 등단
(사)창작문학예술인협의회 정회원
대한문인협회 경기지회 기획차장
대한문인협회 한국문학 향토문학상 수상(2015)

어쩌면 우리

김영

서로 마주 보는 너와 나는
하나가 된 적도 없지만
헤어져 본 적도 없다

멀리도 가까이도 아닌
철로 간격의 거리에서
세월의 수레바퀴 돌며

가까이 오면 너무 가까워질까
물러서면 영영 멀어질까
딱 이만큼의 거리에 서 있다

굳이 소유하지 않은 존재
켠 켠 이 쌓인 세월 앞에서
그저 바라볼 수만 있어도 좋아라

잡을 수 없는 구름이어도
허상 같은 형체만으로도
내 영혼을 꽉 채워 주는구나

어쩌면 우리 마주 보기 사랑이야
어쩌면 우리 철길 같은 평행선이야
가깝지도 않고 멀지도 않은 우리 사이

고중유락 (苦中有樂)

김영

셀 수도 없이
스치고 지나간
바람의 기억들

절절한 사랑도
가슴에 품어야 했던
아픈 기억도

저 언덕 너머
붉은 저녁노을에
살며시 감추고

걸어보지 못한
그 길 따라
이제는 가련다

인생이란
괴로운 가운데
즐거운 일 찾아가는
고중유락 아니더냐

늘 그리운 이름 있어

김영

기나긴 세월 가슴 한켠
고목처럼 뿌리 내렸어
생각만 해도 따스한 물결
파도처럼 일렁이고
가만히 읊조리면 먹먹한 이름
부르기조차 아까워

버거운 삶에 지쳐
한순간 쓰러지거나
기뻐 뛰는 한 모서리에서도
책갈피에 말린
네 잎 클로버처럼
고이 간직한 그 이름 불러 봐

아무리 불러도
지치지 않을 이름
부르다가 죽어도 좋을 이름
일평생 부르며
어제 가던 길을 여전히 걸어가
늘 그리운 이름있어

꽃무릇

김영

만날 순 없지만
가슴에서
놓을 수가 없다

볼 수 없다고
가슴에서 조차
놓아 버리면
영영 잊혀 질까봐

내 가슴에 피는 꽃

김영

어느 날인가
내 가슴에 작은 씨앗 하나 심었더니
햇살의 입김에 싹을 틔우고
꽃을 피워냈다

바람이 찾아와 흔들어 주면
달콤한 꽃향기는 천리를 날아가고
차갑던 그대에게 불길처럼 번져갔다

내 가슴에만 피던 꽃은
그대를 태우고 온 세상을 물들이고 있었다
산에도 들에도 어느 날은
노을지는 하늘에도 붉게 걸려 있었다

아!
세상을 온통 붉게 물들이던 꽃이
처음에는 겨자씨만한 씨앗인 것을
까마득히 잊고 살아왔네

아주 오래전 가슴 한켠에 묻어둔
너무나 작은 씨앗이야기
내 가슴에 피는 꽃

햇살 드는 창
대한문인협회 경기지회 동인문집

김회선 시인

♣ 목차

1. 고민
2. 개심사(開心寺)
3. 껍데기
4. 밤낚시
5. 거미줄

■ 프로필

1961년 전남 화순 태생
현재 경기도 의정부시 거주
광주교육대학교
서울교육대학교대학원
경희사이버대학교 미디어문예창작과 졸업
대한문학세계 시 부문 '그랬다'외 2편으로 등단
(사)창작문학예술인협의회 정회원
대한문인협회 경기지회 정회원
현재 초등학교 교장으로 재직 중

고민

김회선

식탁에 앉아 시 쓰는데
문 틈새로 파닥파닥 멸치 기어드네

오전 참에 육수 만드느라
마른 멸치 넣고 팔팔 끓여
베란다에 내어 놓았더니
이제야 정신 차린 듯 스멀스멀
온몸에 기어오르는 멸치 떼

옷 벗어 털어 내고
샤워기로 씻어 내고
다시 앉아 시 쓰려는데
시는 온 데 간 데 없고
멸치만 반짝반짝 튀어오르네

어찌할까 고민 끝에
멸치육수에 시래기 넣고
팔팔 끓였더니
멸치 죽은 듯 사라졌네
헌데 이를 어쩌나
집안 가득 무성하게 자라는 무

이 무는 또 어찌할꼬?

개심사(開心寺)*

김회선

겨울, 개심사 가는 길
오래전 눈길 사고 기억
굽이진 길 위에 미끄러진다

솜이불 같은 눈밭에
검은 발자국 남긴 아픔이
화선지 먹물처럼 가슴에 번지고

나는 지난날을 더듬으며
때 묻은 발자국 옮기는데
뽀드득 호통소리 쩌렁하다

세심동(洗心洞)에 이르니
가는 허리 드러낸 소나무
시골 아낙처럼 붉게 수줍고
주거니 받거니 앉은 돌계단
풀 발라 다려놓은 무명적삼 같다

마음의 상처 꾹꾹 다지며
좁은 계단 예닐곱 오르니
토방 같은 너른 계단이 맞아준다
세심은 시간의 일이라는 듯
계단 곧지 않고 느릿느릿 굽었다

민낯으로 반기는 개심사
해묵은 너와집 같은 불당들
있어야 할 꼭 그 자리에 앉아
삼라만상을 수직으로 받고 있다

왜 가슴이 아픈 지 알 것 같다
그럴 것 같다

　개심사 : 충청남도 서산시 운산면 신창리에 있는 절

껍데기

김회선

늦가을 저녁
메마른 낙엽 밟으며
동료들과 술집을 찾았다

메뉴 살피던 동료가
돼지껍데기를 주문한다
삼겹살 항정살 속살도 많은데
껍데기 같은 인생이라는 듯
굳이 껍데기를 원하는 동료
껍데기 없는 알맹이가 있던가!

언젠가 동창 모임에서   굴껍닥 벗기는데 타임머신처럼
굴껍질 벗기고 있던 나에게   어린 기억 하나 둘 벗겨져
껍닥 담어, 라며 은박 접시 내밀던 은박접시 위에서 깔깔대고
시골 친구가 떠올랐다   아이들이 입 안 가득 뛰어다녔다
고향 떠나 오랜만에
참 오랜만에 듣는
고향 사투리가 생경스러웠다   불판 위 돼지껍데기 익어간다
                             껍닥 위로 흐르는 땀 같은 눈물
                             알맹이 되려는 뜨거운 투쟁이다
                             나는 저토록 뜨겁게 울어본 적 있던

                             돼지껍닥에 노릇노릇 취하고 싶다
                             껍데기가 알맹이 되는 가을 밤

껍닥:'껍데기'의 전라도 사투리

68

밤낚시

김회선

산 아래 저수지는
하늘도 산도 가둔 채
내리는 어둠을 삼키고 있다

처음 간 밤낚시
물속에 바늘 하나
던지고 물고기 기다리는데
연꽃 같은 야광찌만 바라보는데
내가 물고기를 낚는 건지
물고기가 나를 낚는 건지

이토록 간절히
누굴 기다려본 적 있었던가!

저수지에 비가 내린다
물의 살갗에 생긴 상처는
흉터도 없이 금세 아물고
주룩주룩 비가 할퀴고 아무는 동안

지난 일 돌이켜 만져보는 것이다
떠난 당신 얼굴 그려보는 것이다

새벽 되어 어망 들어보니
함께 온 동료 어망에 붕어 세 마리
내 어망에 내 얼굴 한 마리

밤새도록
나 한 마리 낚은 밤낚시

저수지가 해를 토해내고 있다

제목 : 밤낚시
시낭송 : 박순애
스마트폰으로 QR 코드를 스캔하면
시낭송을 감상할 수 있습니다.

거미줄

김회선

'사내 전산망 고장'

컴퓨터가 꺼진다
웹캠은 거미처럼 눈 부릅뜨고
책상 위에 서류들은 쌓여 있다
엉킨 거미줄 같은 머릿속, 나는

옥상 계단을 오른다
엉킨 회로가 따라온다
구석의 거미줄에 붙들린
하루살이, 벌, 나방, 꽃잎……
껍데기만 파르르 떨고 있다
꽃잎조차 붙든 저 거미줄
내 숨소리도 걸릴 만큼 촘촘하다
거미가 본다 나는
서둘러 계단을 내려온다

사무실에 거미줄 가득하다

나는 가면을 쓴다
나는 거미 인간이 된다
사람 같은 인간이 다가온다
내 입에 침이 고인다

거미는 거미줄을 두려워하지 않는다

햇살 드는 창

대한문인협회 경기지회 동인문집

노금영 시인

♣ 목차

1. 바다는 풀 등을 품고 있다
2. 골목 안은 밤 열두 시다
3. 그 날에 아침
4. 밤
5. 어머니의 밥상

■ 프로필

경기도 부천 거주
대한문학세계 시 부문 등단
(사)창작문학예술협의회 정회원
대한문인협회 경기지회 정회원

바다는 풀 등을 품고 있다

노금영

파도가 칼춤을 춘다.
바다를 베어내고 나면 흥건한 핏방울이
하늘로 솟구쳐 오른다.

썰물과 밀물이 교차되는 그곳에서
사선이 그어지고
바다와 바다가 싸움을 벌인다.

풀 등에서 날아온 편지를 둥글게 말아 올려 놓고는
집채만한 파도로 공격한다.

섬은 점점 바다가 되어간다.

마파람은 칼춤을 멈추게 한다.
항구에 정박한 고깃배는 밧줄을 끊고
큰 고랑을 작은 고랑으로 메워간다.

그날 진실이 거짓을 잡아 끌면서
알에서 깨어난 거북이가 바다를 향해 간다.
춤추던 무녀도 이 시간만큼은 칼을 내려 놓는다.

골목 안은 밤 열두 시다

노금영

눈을 뜨고도 건져내지 못할 것들은
결코 밤이 오고 있는 것만은 아니다.

거대한 물체들이 길을 막고
시계는 낮 정오를 가리키고 있는데
골목은 밤 열두 시가 지나가고 있다.
막다른 골목은 담벼락을 경계로 허물지 못하고
죽은 그림자처럼 누워있다.

실 선하나 그어놓고 낮과 밤이 오고 가는 골목에는
시계바늘이 째깍째깍 몸을 비틀며
위태롭게 걸려있다.

목숨을 걸고 탈출구를 빠져 나온 바람이
시원스럽게 고속 중이고
비릿한 냄새 풍겨 나온 골목은
여전히 어둠으로 가득하다.

몇 발자국만 사선을 넘으면 그 고립을 피하고
몇 발자국만 경계를 뛰어넘으면
어둠 속에 시계는 몸살을 앓고 있다.

아직도 시계는 밤 열두 시를 가리키고 있다.

그 날에 아침

노금영

커피 한잔 내게로 다가온다.
그 따뜻함을 나는 꼭 껴안아주고 싶다.
그리고는 키스를 나눈다.

달콤함이 입술 가득 묻어 나오고
그 느낌은 온몸으로 젖어 든다.

사랑을 잃지 않는 마음으로
두 손으로 꼭 잡아본다.

이 느낌으로 가슴에 들어와
내 온전한 마음을 훔쳐가기도 한다.

그리고 뜨겁게 품어낸 그리움이
턱밑까지 올라오면 터질 듯한 몸부림으로
사랑이 부풀어 오른다.

사랑을 포옹하고 있다.
그날 아침에 나는 너를 뜨겁게 껴안고
돌아오는 길이였다.

밤

노금영

고슴도치가 밤나무에 매달려
누렇게 한여름 익어가고
바람을 말아 올린 땅 위에서
가을을 기다리고 있다.

자신의 속내를 드러내지 않고
속이 여물어 가는 여름날에
반기를 들고 햇살과 싸우고 있다.

여름을 밀어내고 울타리마다
철조망으로 장막을 치고는
그 속내를 좀처럼 들어내지 않는다,

범접할 수 없을 만큼 위엄이 대담하고
손수 발라내지 못할 뜨거운 가슴이
가을을 애타게 기다리고 있다.

아가리를 쳐든 바람이 가지마다
토막을 내면서 서서히 가을이 들어오고
그 안에 갇혀있던 뜨거운 가슴이 입을 벌리고
막 튀어 나온다.

어머니의 밥상

노금영

가마솥에 보리쌀을 안쳐놓고
군불을 한나절 지펴도
쌀이 되지 않는 것처럼
퉁퉁 부은 어머니 가슴이 있다.

솥뚜껑이 뜨거워 눈물을 흘려도
어머니가 그 눈물조차 흘릴 수 없는 것은
가마솥에 즐비하게 서 있는 보리밥 때문만은 아니다.

어느 날은 굴뚝에서 검은 연기마저 볼 수 없을 때는
어머니의 눈물로 밥을 짓고
어머니의 사랑으로 반찬이 만들어져
한상의 밥이 되었다.

떫은 솔잎을 아궁이에 몰아넣고
구들장을 만지작거리면서도
검게 타버린 부엌이 어머니의 가슴이라고
어린 나는 생각해보지 못했다.

아직도 어머니가 갇혀있는
부엌 찬장을 들여다보며
보리밥이 아닌 나는
어머니의 쌀밥을 먹고 살았다.

햇살 드는 창

대한문인협회 경기지회 동인문집

문방순 시인

♣ **목차**

1. 봄날(고향)
2. 내가 머물고 싶은 곳
3. 고독
4. 배려
5. 슬픈 초상(동행)

■ 프로필

대한문학세계 시 부문 등단(2013.09)
(사)창작문학예술인협의회 정회원
대한문인협회 경기지회 정회원

〈수상〉
향토 문학상 (2014년, 2015년)
순우리말 글짓기 전국 공모전 동상 (2015년)
명인명시 특선시인선 (2016년)

봄날(고향)

문방순

따뜻한 봄날이면
가슴에 피어나는 아련한 영상들
유채꽃 물결 위에 떠 있는 백록담
그립고 정겨운 시선에
아지랑이 꽃이 핀다

소슬바람 살랑 이는 봄날
청보리밭 휘감아 도는 동산에 서면
바람꽃이 하얗게 피어나는 바다가
너울너울 춤을 추며 내게로 온다

돌부리 따라 허벅 매고 물 길던 길
떠나온 날 대신 그리움의 향기가
봄날 고운 햇살에 가득 담겨
세월의 강 위에 반짝이고 있다

내가 머물고 싶은 곳

문방순

흘러가는 삶을 멈추고
잠시 머물고 싶은
따뜻한 온기가 가슴으로 흘러
고운 미소가 꽃으로 피어나는 곳

구겨진 마음을 안고 찾아가도
헤픈 인정으로
따뜻한 차 한 잔 건네주는
편안한 안식이 있는 곳

잘못한 일이 있어도
그럴 수 있다고
등 뒤에 서서 어깨를 감싸주는
넓은 하늘이 있는 그곳

고독

문방순

직면한다
외로움이 아니다
내면으로 채워져 오는
성숙한 삶의 초상이다

한가롭다
아마도
농익은 세월의 열매
그것일께다

배려

문방순

사람이 사람을 사랑하는 일은
세상에서 가장 아름답다
사랑으로 만나 연인이 되고
사랑으로 만나 부부가 되고
성숙한 사랑의 부모가 되길 기도한다

때때로 사람들은
착각의 늪에 누워
내 안에 너를 가둬 놓고
내가 바라는 나무가 되길 꿈꾸며
최고의 사랑을 노래한다

너를 위한 아름다운 내가 되는 것은
세상에서 가장 힘든 일이지만
익숙한 언어로 풀어놓는 사랑보다
배려가 가득 담긴 창 넓은 집을 짓는
서투른 목수가 되고 싶다

슬픈 초상(동행)

문방순

나를 지켜야 하는 건 언제나 나다
그리 어려운 것도 아닌 것을
하루가 저물고 다시 동이 트는 나이가 되어야
깨달음의 세포가
스멀스멀 기지개를 켜고 있다

생명체로 세상에 오는 길 위에
가장 확실한 목적지가 놓여있다
누구도 가르쳐 주려 하지 않는
누구도 인정하려 하지 않는
그러나 변함없는 진실하나
내가 나를 떠나는 일이다

빛이 없어도 그림자의 실체는 있다
생명이 머물러 있는 동안 늘 동행 하는 것
그 삶의 끝에는 죽음이고
살아온 날이 거기에 함께 있다
결국 삶과 죽음은 하나이고
함께 걸어가는 동행자이다
그리고
내가 마주해야 하는 초상임을 잊지 말자.

햇살 드는 창
대한문인협회 경기지회 동인문집

문재평 시인

♣ 목차
1. 아버지의 빈자리
2. 오늘
3. 人生
4. 억새
5. 낙엽(落葉)

■ 프로필

전북 고창 출생
현) 경기 부천 거주
2014년 6월 대한문학세계 "가을이 오면" 등단
2015 명인명시 특선시인선 선정
2016년 1월 4쩨주 금주의 시 "섣달" 선정

이메일 mjp2209@hanmail.net

아버지의 빈자리

문재평

장인(匠人)이 축대 위에 한 장 한 장 공을 들여
쌓아올린 만리장성
한 치의 빈틈도 없는 성이기에
그 아성의 도전은 꿈도 못 꾸기에
에펠탑은 도전은 견주기도 부끄럽다

바늘로 찔러도 피 한 방울
나오지 않고
물 한 방울 샐 틈이 없는 성(城)이
병마의 공격에 불시에 함락되었다

어찌 공든 탑이 하루아침에
무너질 수 있단 말이오
어찌 하늘의 해가 기울 수 있단 말이요

하늘이 무너지고 땅이 꺼지듯
세상은 암흑천지 천 길 낭떠러지

                              당신이 떠난 후 못난 자식
주인을 잃은 논밭은   고향을 등지다
잡풀만 무성하고   그리움에 다시 찾았건만
허청엔 빈 지게만이 덩그러니....

                              당신의 흔적은 빈 그림자조차
                              찾을 길 없고
                              무정한 메아리 허공을 가르더이다

오늘

문재평

매일 같이 주어진 숙제는
끝이 보이지 않지만,
그래도 무언가를 할 수 있다는 것이
얼마나 다행스러운 일인가

누군가가 내 손이 필요하고
나 또한 도움을 받고 의지하며 산다는 거,
메마른 사막 한가운데 홀로 피어있는
들꽃은 외롭지 않더이다

하루하루 허망한 시간 속에 자유와
삶의 가치, 우주 만물의 원리를 깨닫고
숱한 시간을 까먹은 뒤 안빈낙도의
삶을 꿈꾸고 있다

내일이라고 달라질 건 없다
그저 무탈함에 감사하며
인연의 실타래를 순리대로
풀어나가고 싶을 뿐.

人生

문재평

거부할 수 없는 운명,
전생에 우리는 크나큰 죄인이었다.

내 의지에 상관없이 주어진 육신(肉身)
평등하다 말은
애초부터 어울리지 않는
이율배반

만남, 헤어짐, 죽음까지도
보이지 않는 누군가의 뜻대로
놀아나는 허수아비.

집행유예 기간 동안
고뇌의 시간 속
선을 쌓는 신분 상승의 기회

잘 짜여진 각본
누구도 모르기에 ....

판도라 상자 구멍 난 틈으로
하늘의 비밀을 은밀히 엿보는 작은 새.

억새

문재평

오랜 세월 인간의 잣대에 의해서
기회주의자로 왜곡되고 낙인찍힌

흔들려도 쓰러지지 않는
생명력은
시대에 역행하지 않는
순리의 삶이요

하찮게 치부했던
자신을 돌아보고
존재의 가치를 생각할 때

어느 것이 풀이요
꽃이던가?

갈바람 부는 언덕에 서서
헛된 욕심도
바람 편에 실어 보내리.

낙엽(落葉)

상념의 조각
추억의 산실
만나고 헤어지는
끝없는 인연의 실타래

한해살이 생을 통해
생명의 고귀함과
인생의 고뇌를
모두 내포한 채
한 줌 재가 되어
자유롭게 승화하는 영혼이여

혹독한 겨울 앞에
무릎을 꿇은
감성의 이슬 자욱.

햇살 드는 창

대한문인협회 경기지회 동인문집

민병주 시인

♣ 목차

1. 꽃중의 꽃
2. 계절의 속도
3. 등 돌린 시간
4. 무심
5. 대서

■ 프로필

호는 소향
경기도 수원시 거주
2015년 백제문학 시 부문 등단
(사)창작문학예술인협의회 정회원
대한문인협회 경기지회 정회원
수원문협 정회원

꽃중의 꽃

민병주

아무렴, 꽃이 진 자리만 있으랴

대소사 아니면
미장원 발걸음도 잊고
하루해 꼬리가 잘린듯
동동거리던 날도
이제사 돌아보니 분꽃이더라

딸 아이 학교성적 떨어질까
함께 밤 지새고
빈 거리 찬바람 울던 날
버스정류장 서성이던 그날도
코스모스꽃이더라

오색풍선 날리고
결혼 행진곡 울리던 날
사돈 앞에 다소곳 다독이던 마음
첫 손주 품에 안으니 복사꽃이더라

꽃피고
영글은 자리에 향기가 가득하다

계절의 속도

민병주

넘치는 풀 내음
자라온 날만큼 출렁이는 초록

구름 속 넘나들던 바람 한 점
가을 빗장 풀어
무던히도 길고 뜨거웠던
어제와 다른 오늘이
새 생명을 일으켜 세운다

돌아선 날은 기억하지 않으려
입 앙다물고
오늘을 달리는 심장이 쿵쿵 울어 댄다

계절은 나이를 덧칠하고
자연의 속도로 자라
방언으로 엎드린 등성이에
산국화 뽀얗게 흩뿌린다

등 돌린 시간

민병주

떠나기 좋은 날이 따로 있으랴만
횡단보도 길게 누워있는 사거리
신호등 따라 멀어져 가는 야윈 옷자락

정지신호에 갇혀서야
휑한 가슴에 터진 봇물

콧등에 살포시 내려 앉아
간지럽히는 단내
기억 한 줌 움켜쥐고
오래전에 버린
악보 없는 오선지가 흩날린다

이제야
육부 능선에 멈춰
풋사과 같던 눈웃음이 아려와
등 돌린 시간을 베어내고
그 사람 이름 써본다

무심

민병주

마른 먼지 밤새 비가 쓸고 간 자리
가을볕 온 누리를 품고
도도히 밀려가는 시간

춤추는 억새
환한 해바라기
코스모스 하늘하늘 웃음소리

불거진 욕심에
적막한 뒷모습 차마 보고 싶지 않아
더도 덜도 말고
오늘을 정지시키고 싶다

젖어 걷는 네 뒷모습에서
시장골목 노점 할머니 패인 주름에서
창안에 갇힌 마네킹 미소에서

포말되어 달려오다
더는 갈 수 없는 한계선
어망에서 마지막 바다가 빠져나와
부서지는 물결에서

얼만큼 시간이 흘러야
무심해 질 수 있을까

대서

민병주

키재기 더위 따라
헐떡이는 붉은 대낮

구름도 녹아내려
대숲 속에 흐르고

풀죽은 이파리마다
기다리는 여우비

민낯에 서서 우는
꽃술 세운 백일홍

솔바람 그림자도
죽은 듯 숨어버려

연잎 위
음영 짙은 한낮 열기
풍덩풍덩 금개구리

햇살 드는 창

대한문인협회 경기지회 동인문집

박미향 시인

♣ 목차

1. 높은음자리표
2. 하수오
3. 도라지
4. 맷돌
5. 낙엽

■ 프로필

수원시 거주
대한문학세계 시 부문 등단
대한문인협회 경기지회 정회원
(사)창작문학예술인협의회 정회원
수원 문인문학회 정회원
고려대 평생교육원 이수
시가 흐르는 서울 정회원
스토리문학 정회원
〈수상〉
2012년 9월 신인문학상
2013년 한국문학 올해의 작가상
2014년 한국문학 발전상
2015년 한국문학 예술인 금상
〈저서〉 산 그림자
〈공저〉 특선시인선, 꿈꾸는 도요, 움터
　　　 달리는 미술관, 가슴에 이는 파도

높은음자리표

박미향

그는 까만 콩나물을 좋아 한다
멀리 진도에서 살다가
까만 콩나물을 따라 서울로 상경을 했다
그는 날마다 까만 콩나물과 친구하며 옆구리 끼고 다닌다
그는 하루라도 까만 콩나물이 없으면 살 수가 없단다
오선지에 그리는 그리운 음표 따라
바장조에 행복하고 도돌이표에 돌고 돌아
샾에 눈물 흘리며 서럽고 힘든 시간과 투쟁을 벌인다
아무리 삼라만상이 좋다고 떠들어도
그는 까만 콩나물이 더 좋다고 떠든다
그는 늘 어머님과 누님들이 좋다고 말씨름도 잘 한다
그는 높은 곳을 향해 발버둥 치며 꼭대기까지 오르기를 희망 한다
까만 콩나물 속에 삶의 꿈이 가득해
저 멀리 우주로 향하는 정거장에서 서성거린다
그는 낮이나 밤이나 까만 콩나물 생각에 잠겨
도 레 미 파 솔 라 시 도 노래 부른다

제목 : 높은음자리표
시낭송 : 박태임
스마트폰으로 QR 코드를 스캔하면
시낭송을 감상할 수 있습니다.

하수오

박미향

우리는 그녀를 하 부인이라 부른다
그녀는 파 뿌리처럼 흰 머리를 검은 머리로 둔갑 시킨다
희로애락이 숨 쉬는 결혼 서약처럼
사랑이란 이름을 단다
그녀의 깊은 속마음을 다 들여다보아도
오묘한 감정을 따를 수가 없다
여인의 하얀 속살을 그리워하는 그녀
남정네의 불타는 욕정이 그리운 듯
갖은 요염을 다 떤다
그녀를 만나 안아 보고 싶은 충동을 감출 수가 없다
이 겨울이 가기 전에
그녀를 따뜻한 품속에 꼭 안아주고 싶다

제목 : 하수오
시낭송 : 최명자
스마트폰으로 QR 코드를 스캔하면
시낭송을 감상할 수 있습니다.

도라지

박미향

그는 나의 이상형이다
긴 터널에 갇혀버린 마음은 새순이 나서 꽃이 피고
열매를 맺기 위해 세월 따라 흘러간다
튼튼하게 자라 세상에 빛이 나길 바라는 마음이지만
잡초 같은 인생이라서 마구 굴러다닌 시간이 안쓰럽다
그는 나처럼 컴컴한 곳을 좋아 한다
그는 늘 내 곁을 배회하며 놓아주는 것을 싫어한다
목구멍이 피가 나도록 식음을 잃어버려도 그는 떠날 줄 모른다
난 그를 만나 자존심까지 토해버린다

깊은 수렁에서 건져 올린 그의 하얀 나신
나는 그를 보자마자 황홀경에 빠져버렸다
이제 그를 만난 지 오래 되어 공연히 헛기침이 나며
서서히 밀려드는 그리움에 휩싸인다

맷돌

아름드리만한 돌덩이 두 개를 포개 놓았다
유년 시절 어머니와 마주 앉아
동그란 구멍 속에 퉁퉁 불은 콩을 넣어
좌우로 쓱쓱 돌리면
콩이 하얗게 부서져 내려 앉는다
어머니는 그렇게 맷돌질에 밤과 낮이 없었다
살기 위해 두부와 묵을 만들어 팔아야 했으니까
조그만 시골 동네에 어른들의 마실거리가 된 우리 집
맷돌을 돌리는 날은 아버지가 미워졌다
노름에 빠진 아버지는 놀기만 하셨다
오 남매를 혼자 키워주신 어머니
두부나 묵을 보면 어머니 생각에 목이 멘다
그래서 난 두부와 묵을 잘 먹지 못한다
발을 동동 구르며 쉴 새도 없이
밤이나 낮이나 맷돌질에 팔이 아파도 성냄도 아니하셨다
밤 하늘 별을 올려다보며 철없던 시절의 추억은
어머니의 고된 삶을 회상하며 눈시울 적신다

낙엽

박미향

우리는 널 만나기 위해 오서산으로 가을 여행을 떠났다
거기엔 노란 단풍과 빨간 단풍
그리고 상수리가 가을비에 떨어져 구르고 있었다
밤새 내린 비에 들녘은 온통 생쥐 꼴이 되어 있었다
얘야, 나도 좀 데려 가줘 여기는 추워서 감기 걸리겠다
바닥에 널브러진 은행이 아첨을 떨었다
우리는 임도를 따라 한참을 걸었다
저 멀리 안개 사이로 산야에 물든 오색의 물결이 춤을 추고 있었다
얏호, 일순간 터져 나오는 환호성에 메아리도 덩달아 춤을 추었다

우리는 아쉬운 발길을 돌려 하산했다
광천 젓갈이 일품이란 말에
하얀 쌀밥 한 수저에 새우젓 올려 허기진 배를 채워본다
오늘 우리는 널 한 없이 만나 보았다
내일이면 몸살이 날 널 생각하니 지나온 시간들이 아쉽다
이젠 널 보내주고 다음을 기다려야 할 시간이다
아름다운 이바구는 끝없이 흐르지만
저물어가는 하루가 너무 짧다

햇살 드는 창

대한문인협회 경기지회 동인문집

서미영 시인

♣ 목차

1. 비둘기와 연등
2. 그리움이 무거워지면
3. 밉상스러운 바람
4. 커피로 쓴 사랑
5. 한여름 밤

■ 프로필

1968 전남 고흥 출생
하늘 텔레콤 대표
대한문학세계 시 부문 등단
대한문인협회 경기지회 홍보국장
(사)창작문학예술인협의회 정회원
문학 愛 작가협회 정회원
시와 늪 정회원
2016년 대한창작문예대학 6기 졸업
문예창작지도자 자격증 취득

〈수상〉
2015년 순우리말 글짓기 전국 공모전 동상
2015년 대한문인협회 한국문학 향토발전상
대한창작문예대학 졸업작품 경연대회 금상
2016년 순우리말 글짓기 전국 공모전 은상

〈공저〉
문학 愛 3집 "초록이 가을 만나다"
4집 "초록이 머무는 시의 향기 "
2016년 명인명시 특선시인선
대한창작문예대학 제6기 졸업작품 "동반의 여정"

비둘기와 연등

서미영

오늘은 전봇대에 주인처럼 걸려있는
빛바랜 순댓국집 낡은 간판 위에
사월 미풍이 꼬리를 감고 꿈틀거리고 있었다

밤이면 전깃줄에 하나씩 매달린 빨간 연등은
새벽마다 부리로 시멘트 바닥을 긁다가는
비둘기를 비추려 제 몸을 하얗게 태울 터이다

넋을 반쯤 내어주고 발톱 끝에 잡아 쥔 한 끼
이제야 뱃속을 채우고 두 발로 설 텐가
나지막이 속울음을 삼키다 심장이 타겠다

어둠과 번뇌를 삼키는 연등이 어둠을 태우고
등 그림자 바람에 흔들리다 발끝을 세우면
세상을 한 토막 차지한 비둘기도 편히 잠이 들 텐가

그리움이 무거워지면

서미영

누군가 그리움에 지친 날 위해
어젯밤 달을 붙들고 울었던 게야
가슴을 찢어 눈물을 닦아낸 흔적들이
퍼렇게 멍이 든 채로 바람에 걸려 있었다

별빛이 하얗게 부서져 내린 강물을 흔들어
그대가 내게 가만히 손을 흔들었던 게야
사랑의 흔적들이 뱀의 허리처럼 흐르다가
설탕물 섞이듯이 달달하게 젖어 있었다

봄이 잘 여문 날 바람이 되어 그대가 와서는
아려오는 내 가슴을 싹싹 쓸어가도 좋으련만
소쿠리에 애쓰고 냇물 주워 담는 꼴이라니
울어서 그 보고픔이 슬슬 작아질 것인가

꽃샘추위에 아직 벗을 수 없는 겨울 코드처럼
붙들고 있어야지 별 수 없는 그런 것이라고
처음에는 한 손으로 살짝 털어낼 것 같더니만
그대 그리움은 이제 흔들 수 없게 무거워져 버렸다

밉상스러운 바람

서미영

빗속을 달리는 버스 안에
집으로 가는 사람들이
지친 어깨를 창에 기대고 앉아
오늘 도착지에 배달되는
한 통의 편지처럼 졸린 몸을 버텨가며
정거장을 기다린다
아스팔트를 쓸고 있는 빗줄기를 이고
도롯가에 풀꽃은 칼춤을 추고 왔는지
온몸이 퍼렇게 멍이 들고 어깨조차 부러졌다
푸른 냄새 나는 도시의 솥뚜껑이 열리고
어둠은 버스를 삼키고 익숙한 매연 냄새 위로
정거장마다 쏟아낸 누군가의 편지처럼
그대가 나를 만나러 왔으려나
오래된 사기그릇 같은 뭇뭇해진 세상살이
그 하얀 속살이 오늘은 구부러져 보인다
그대가 떨궈 놓고 간 그림자를 주워들고
바람은 밉상스럽게 버스를 타고 있었다

커피로 쓴 사랑

서미영

음악이 가지런히 일고 있는 찻잔 속에
물결을 곱게 펴놓고서 당신을 사랑한다고
눌러 써놓고 한 모금 커피를 마십니다

아이처럼 떼쓰듯 당신이 너무도 보고 싶다고
한 줄을 더 써놓고는 또 한 모금 마셔봅니다

조명 불빛을 끌어안고 부서지는 먼지 사이로
커피 연기가 흩어져와 당신의 그림자 되어
이젠 더 외롭지 말라고 내 어깨를 안아 줍니다

다 비운 커피 잔을 두 손을 펴서 덮었다가
남은 커피 향을 가져다 내 빈 가슴을 채워봅니다

한여름 밤

얼굴이 하얗게 질린 채 달이 떴다
점심을 거른 바람이 허기진 빈속에
쌀밥 같은 달을 급하게 한 술 떴을까

날벼락처럼 한쪽 가슴을 뜯긴 저 달이
밤하늘에 무릎을 꿇고 엎어져 나뒹굴고
바람은 텁텁한 입맛을 다시며 딴청이다

뿌연 구름을 하늘에다 나물 말리듯 널어놓고
도시의 창문이 모두 열리는 주문을 걸었을까
바람은 창문을 기웃대다가 금세 돌아눕는다

꽃 다 핀 게발선인장은 팔짱을 끼고 졸고 있는데
도로가 화단에 측배나무는 숨이라도 쉬고 있나
바람도 없는 골목은 들고양이가 주인 행세다

햇살 드는 창
대한문인협회 경기지회 동인문집

서복길 시인

♣ 목차

1. 봄날의 유희
2. 오늘처럼 비가 내리면
3. 가을 여인
4. 누구나 살면서 한 번쯤은
5. 아버지의 섬

■ 프로필

서울 출생
경기 양주시 거주
대한문학세계 시 부문 등단
대한창작문예대학 졸업
문예창작지도자 자격 취득
(사)창작문학예술인협의회/대한문인협회 윤리위원장
양주 예총 문인협회 정회원
2012년 5월, 2013년 2월 / 금주의 시
2012년 10월 / 이달의 시인 선정
2012년 12월 / 한국 문학 향토문학상 수상
2013년 12월 / 올해의 작가상 수상
2014년 6월 /한 줄 시 전국 공모전 은상 수상
2014년 12월 / 베스트셀러 작가상 수상
명인 명시를 찾아서 아트TV 인터뷰 방송 출현
〈저서〉 시집 – 그대, 왜냐고 묻거든 출간
그외 동인지 다수

봄날의 유희

서복길

눈부신 햇살이 나를 감싸니
네가 내게 온 것처럼
이 마음 네게 내어 주리라

살랑살랑 봄바람 비벼대니
어찌 모른 체할까
나도 두 눈 감고
너를 맘껏 즐기려 하네

상큼 달콤한 꽃향기에 취하니
정신 몽롱하게 빠져들어
어디 한번 실컷 노닐어 볼까나

내 마음 홀랑 빼앗은
봄날의 유희로
너와 나 맞잡은 손
역시 좋구나! 좋다

봄의 향연 속에서
우리 서로 눈 맞았다 한들
설마 누가 뭐라 할까 보냐.

오늘처럼 비가 내리면

서복길

거리에 쏟아지는 빗줄기는
움푹 팬 땅에 고이는 빗물처럼
가슴 깊이 스며들기도 하지

창밖에 부딪히는 빗방울은
손에 잡히지 않아
차마 다가갈 수 없어서
마냥 가슴만 두드리는 것 같아

찻잔 앞에 놓고 바라보는
지난날의 회상
빗소리에 아련히 스미는 전율

오늘처럼 비가 내리면
불현듯 떠오르는 너
잊힌 줄 알았는데
떠난 줄 알았는데

비 그친 자리에 생겨난
작은 웅덩이
그 속에 고여 있는 그리움 하나.

가을 여인

서복길

바람의 살랑거림으로
들꽃의 내뿜는 향기에
어느 뉘라서 취하지 않겠나

각양각색으로 단장하고
고운 향내 풍겨가며
바람에 흔들리는 몸 사위에
어느 누군들 발걸음 멈추지 않을까

제 개성과 색채로 시절을 쫓아
세상을 꾸미고 만드는 들꽃처럼
우리네 가슴에 피어나는 여심

때가 되면 피고 지고, 지고 피고
거스를 수 없는 운명이라지만
흐르는 세월 안고 농익어가는
성숙한 여인의 향기가 좋다

사람들 기억 속에
또, 가슴 한편에 아련히 남고 싶은
나, 가을 여인이 되고 싶어라.

누구나 살면서 한 번쯤은

서복길

누구나 세상 살아가면서
가슴속에 말 못할 사연 하나쯤은
품고 사는 우리네가 아닐까

밤하늘 수많은 별 바라보면서
뜨거운 눈물 흘렸던 날들은
말없이 웃는 얼굴 뒤에 가려진
지워지지 않는 열병 자국이다

적막한 밤 나뭇가지에 걸린 달 보며
휑한 바람이 구멍 뚫린
심장 사이로 드나들 때도 있었지

아파서, 아파서 너무 아파서
잠 못 이루며 베갯머리 적셨던 것처럼
가슴속에 깊은 사연 하나쯤은
품고 사는 우리가 아니겠는가

누구나 살면서 한 번쯤은.

제목 : 누구나 살면서 한 번쯤은
시낭송 : 박영애
스마트폰으로 QR 코드를 스캔하면
시낭송을 감상할 수 있습니다.

아버지의 섬

서복길

공허한 가슴 뒤로 맺힌 눈물
어두운 길가에 웅크린 그리움
이산 상봉의 한 가닥 꿈에
옹 가슴만 여미다 가신 임이여

칼바람 속에 피붙이와 생이별
기억 저편에 한으로 남아
임진 강가에서 세월을 못 박으며
꿈의 나룻배를 만드셨다

오랜 세월 그리움에 사무친 날
밤마다 힘겹게 노를 저어 봐도
희미해진 안갯속 미로에서는
그 자리만 맴돌다 돌아오는 새벽길

세월의 강물은 쉼 없이 흐르고
어느 여름 안개 걷힌 날
염원의 섬으로 노 저어 가시더니
아버지는 영영 돌아오지 않으셨다.

햇살 드는 창

대한문인협회 경기지회 동인문집

안선희 시인

♣ **목차**

1. 낙엽송
2. 대합실에서
3. 그대에게 가고 싶다
4. 이대로
5. 인연

■ 프로필

(사)창작문학예술인협의회 정회원
대한문인협회 경기지회 사무국장
한국문인협회 회원
2004년 문학21 시 부문 등단

〈수상〉
2012 한국문학 올해의 시인상
2014 전국 순우리말 글짓기대회 금상
2014 한국문학 예술인 금상
2015 한국문학 올해의 작가상
2016 한줄 시 짓기 장려상

〈저서〉
제1시집 – 둥지에 머무는 햇살
제2시집 – 사랑에 기대다

낙엽송

안선희

허리가 틀어진 나무가
벼랑 끝에 서 있는
산마을에 가 보았네
거센 바람
공허한 산새 울음
홀로 피어난 들꽃은
아직도 못다 한 말
주저하며 속살거리네
하루를 달려온 태양이
마지막 일별을 반짝일 때
바람을 좇아
하염없이 휘어진
낙엽송 골짜기에서
또 하나의 계절이
모든 수고 내려놓고
소리 없이 저물고 있었네

제목 : 낙엽송
시낭송 : 박태임
스마트폰으로 QR 코드를 스캔하면
시낭송을 감상할 수 있습니다.

대합실에서

안선희

어디론가 떠나려 하고 있다
영화 속 장면처럼 포옹하는
연인은 보이지 않는다
생의 한 교차점에서 만나
조금 무뚝뚝한 표정으로
탑승의 시간을 공유하는 사람들
살아온 인생은 다르겠지만
허공에 시선 부딪히며
같은 모양새로 앉아있다

길이 보이지 않아도
비행기 창공에서 제 길 가듯이
우리도 오래 헤매이지 않고
가야할 길 찾아낼 수 있다면!
길은 무한히 뻗어 있어
여러 갈래 길에서 어디로 향할지
걷다가 다음 교차점에서
누구를 만날지
도무지 알 수가 없다

이윽고 탑승구의 문 열리면
갇힌 공간 엮었던 끈
일순 끊어지고
저마다 총총히 사라진다
헤어질 때 고개를 주억거리는
사람은 보이지 않는다

그대에게 가고 싶다

안선희

가을 지나기 전
이별을 예감하면서
그대 만나고 오는 길
발끝이 무거웠다
허둥대며 연락 서두른
억척스러운 사랑

우리는
만나도 허전했고
대화 끝에도
그리웠다

결국 찾아온
이제는
침묵의 시간

그대에게 가고 싶지만
사랑의 뒷모습을
차마 볼 수가 없다

이대로

안선희

이대로
아무것도 되어보지 못하고
흘려 보낼지도 모른다, 人生을.

이대로
아무것도 되어보지 못한 채
흘러가 버릴지도 모른다, 내 生은.

거대한 강물 어디서 왔는지
알지 못하고
작디작은 수포(水泡)들, 소용돌이치다
주저하며 사라지지, 어디론가.

인연

안선희

짧은 만남으로 내 곁에 머물렀기에
얼마나 소중한 사람인지 몰랐습니다
이 작은 세상 어디서든
다시 만날 인연인 줄 알았어요

하루, 이틀, 시간이 흐르고
언제부턴가
당신이 생각나면
눈물이 차올랐습니다

오랜 시간이 흘러
우리는 다시 만났지만
인사도 나누지 못하였어요
상심한 내 가슴은 빗장을 열고
당신을 멀리멀리 날려 보냈지요

사막 같은 세상 힘들어
그리움도 잊고 살다가
우연히 뒤를 돌아보았을 때
바로 등 뒤에서
보일 듯 말 듯한 미소로
사랑의 인사를 건네는 당신

우리가 같은 하늘 아래
공존하고 있음을 깨닫자
행복의 빛깔이
내 삶을 물들입니다

좋은 사람
당신이 또다시
나를 울게 합니다

제목 : 인연
시낭송 : 김지원
스마트폰으로 QR 코드를 스캔하면
시낭송을 감상할 수 있습니다.

햇살 드는 창
대한문인협회 경기지회 동인문집

양상용 시인

♣ 목차

1. 비오는 날 버려진
2. 구원(救援)의 밤
3. 산(山)
4. 호접지몽(胡蝶之夢)
5. 녹차 한 잔

■ 프로필

경기도 수원 거주
대한문학세계 시 부문 등단
(사)창작문학예술인협의회 정회원
대한문인협회 경기지회 정회원

비오는 날 버려진

양상용

아침부터 버려지는 비가
타닥 타닥, 타닥 타닥,
땅바닥에서 부서진다.
주인은 갈 길이 멀어 힘이 드는지
하루 종일 짐 버리듯 버려진다.
그 동안에 정(情)도 잊은 채
버리는 이는 홀가분하겠다.

버려진 것은
세상 밖으로 버려질 때까지
초라하게 부서져야 한다.
아무도 아랑곳하지 않는 무관심으로 남겨진 뒷골목
버린 이를 버리지 못하고
그리워하는 마음을,
외로움을 모르는 이들은 알 수가 없다.
홀로 과거를 되새김질하며 보내는 동안에
원망(怨望)은 외롭기 전에 일이다.

오후 늦게 집으로 돌아오는 길목
화려한 우산을 펴고 걸어가는 사람들 발밑으로
버려진 우산이 홀로
타닥타닥, 타닥타닥……
비에 젖어 간다.

구원(救援)의 밤

양상용

아무것도 보이지 않는 깜깜한 밤하늘에
누군가 가느다란 바늘로 구멍을 내기 시작했다.
깜깜한 하늘에 구원(救援)의 불빛들이 새어 나온다.
난 그 중 가장 큰 구멍을 바라본다.
그 구멍에는 토끼 한 마리가
예로부터 방아를 찧고 있다는 얘기를 들었다.
한참을 들여다보았지만 내가 본 것은 눈동자,
그의 거대한 눈동자였다.

나를 바라보는 그의 눈동자에는
방아를 찧고 있는 내 모습이 비친다.
나를 보며 그는 슬픔에 가득 차 눈물을 흘리고 있다.
산다는 것은, 행복(幸福)이라며.
산다는 것은, 행복(幸福)해야 하는 거라며.
눈물을 흘리고 있다.

그는 어둠으로 차단(遮斷)되어 있는 밤하늘에 무수한 구멍을 내어
조간신문(朝刊新聞)이 도착할 때 쯤 나를 어둠으로부터 구원(救援)한다.
그리고는 그의 세계를 나에게 개방(開放)해 주었다.
하지만 난,
그의 세계에서 옛날부터 해왔던 것처럼
방아를 찧으며 생명(生命)의 고통(苦痛)을 괴로워한다.
오늘도 내게 밤은 찾아오고

오늘도 그는 깜깜한 밤하늘에 구멍을 낸다.
슬픔에 가득 찬 눈으로 나를 바라보며 아침을 만든다.

산(山)

양상용

작열(灼熱)하는 태양 아래
지게를 지고 찾아든 산에서
나는 잠시
지팡이에 기대어 지게를 세워놓고
청푸른 나무 그늘 아래에 앉는다.

훌훌 풀어놓은 계곡 물에 발을 담그고
시원한 부채질을 하다 보면
어느새 장단(長短)에 맞추어
쐐– 쐐– 쐐– 쐐잉
매미가 울고

어느 가지에 숨었는지
울음을 쫓아 매미를 찾으면
나는 또 어느 산에 숨어서
청푸른 나무를 지붕 삼아
드르렁 드르렁
매미 따라 운다.

해는 산 너머,
잠을 깨면
빈 지게를 보아도
아쉽지 않을 만큼
오늘은 잘 쉬었으니
참말로 잘 쉬었으니
홀가분한 지게를 지고
산을 내려간다.

호접지몽(胡蝶之夢)

양상용

늘어진 버드나무 그늘 아래
눈을 감아 잠이 든다.
가벼운 바람에 흔들리는
수많은 생각을 잠들이고
강렬한 생명(生命)의 움직임에
소란한 잡음(雜音)을 잠들이고

눈을 감아 꿈을 꾸면
내 등에는 노오란 날개가 돋아나
시작과 끝을 알 수 없는 파아란 하늘을 난다.
내가 세상의 한 점으로 사라질 때까지
부풀어 오른 하아얀 구름에 파묻혀 사라질 때까지
한 마리의 노오란 나비가 되어
훨– 훨– 날아가 보자.
내가 사라지는 것도 잊어버리고

하늘 북소리에 깨어진,
조각난 거울 속에
날고 있는 노오란 나비는
누구의 꿈이런가!
흔들리는 버드나무 가지 아래
부풀어 오른 하아얀 민들레,
꽃술에 파묻혀 달콤한 꿀을 먹는
황홀한 나의 꿈은 꿈을 꾸게 하는가!

늘어진 버드나무 그늘 아래
꿈을 꾸는 노오란 나비.

123

녹차 한 잔

양상용

김이 모락모락 나는
잘 우려진 녹차 한 잔을 마실 때면
내 마음은 한적한 호수처럼 여유롭다.
한적한 호수에 피어나는 물안개를
입으로 후 불어 내몰면
바람이 지나간 자리로 은은한 향기가 코끝에 감돈다.
향기가 머문 찻잔을 기울여 입 안을 촉촉이 적시면
금세 내 마음은 한적한 호수가 된다.
건조한 일상에서 머금는 산뜻한 여유로움이여!

햇살 드는 창

대한문인협회 경기지회 동인문집

유석희 시인

♣ 목차

1. 출조
2. 고독
3. 비
4. 오두막 풍경
5. 바람

■ 프로필

1968년 2월 10일생(음)
(사)창작문학예술인협의회 정회원
대한문인협회 경기지회 정회원
대한문학세계 시 부문 등단 (2015년 6월)
2016년 한줄 시 짓기 전국 공모전 동상 수상
현) 프리랜서 영어 강사

출조

유석희

푸른 물빛 찾아
풀섶 한켠에
낚싯대 드리운다
잔잔한 물결에
잠자리 소리 없이
수풀에 앉았다 높이 오르고
알록달록 주변 풍경 닮은 찌는
교묘하게 중심을 잡는다
스치고 지나는 바람을 모아
수심에 일자로 서서
수면 아래로 새로운 바람을 전하려는가
마음 추를 손잡이에 일러
미동 없는 찌에게 전해본다
물이 곱게도 들어간다고
스스로를 물들여 깊어져
드리운 존재들 아름답게
반겨 비춰내라고
더불어 닮아가자고
느낌표로
소식 전하는 자는
언제 물음표 전해 올리려는지
답이 없다

고독

유석희

만물은 고독하다
하얀 빛을 내는
태양이 낮 동안 혼자이듯이
여명이 오기까지
달도 밤새워 혼자이다
회색빛 도심 속에
나는 사람들 속에서
속도를 재촉하는 굉음의 기계들과
벽들에 갇혀 더욱 고독하다
적막과 어둠 속에서
사색으로 의식을 일으킨다
수많은 생각들 속에
마음 하나
오롯이
나를 찾는 노래
세상 속에 지탱하게 하는
고독의 음미
그래
그 고독 속에
마음은 봄을 기다린다
온 사방에 소생의 속삭임

비

유석희

신록은 짙어지건만
기억은 흐려져 간다
그리운 이여
기다림은 길어져만 가고
꽃향기 짙어만 가는데
나는 눈 멀어 가오
빈 바람만 스쳐나고
다른 향기는 맡고 싶지 않음이오

오두막 풍경

유석희

비닐을 덧씌운 허름한 오두막에
무청이 걸렸다.
지나던 사람도
지난 계절 내내 지키던
하얀 노파도 하얀 비닐만 나부끼고
낙엽 길로 떠났다.
오두막 턱걸이에 걸쳤던
많은 사연은 어디를 지날까...
어디나
그리움이 뚝뚝 떨어지는
시절의 시름을
노파는 걷어가고
무청을 걸친 것일까?
사연이 깃들어 맛있게 익어
노파의 손에 무쳐질 마른
모습이 보이는 건
또 다른 사연 덩어리...

바람

유석희

무언가는 일렁여야 한다. 세상에서,
바람이 일어 꽃이 지고 이파리 받아내려
줄기는 뿌리로부터 또 다시 틔어내도록
인생여정의 고단한 시간 속에서도
거꾸러지고 일어나서
바람에 날리지 않고 비켜서는 이치를 알아내도록
마음에 항상 새롭게 서는
좌절 속에서 희망을 품어내고 벌떡 서서 나아가도록
일렁이는 사유의 원천을 키워내야 한다.
몸짓 하나 하나가
서로에게 미치는 파장으로 부딪혀 일어나는 반향의 연속에서
생명은 서로 반응하여 키워내는 것
줄기와 잎이 일렁여 일으키는
무리 진 꽃봉오리들처럼
주변을 환하게 밝혀내는 일렁임의 물결로
사랑하는 사람들
착한 사람들의 소원을 이루고
모두가 태양 아래 웃는 일렁임을 느끼고 싶다.

햇살 드는 창

대한문인협회 경기지회 동인문집

윤정연 시인

♣ 목차

1. 영원한 존재
2. 이별이 찾아 온 길
3. 그립고 보고픈 그대
4. 그대를 보내야 한다면
5. 희망

■ 프로필

대한문학세계 시 부문 등단
(사)창작문학예술인협의회 정회원
대한문인협회 경기지회 정회원
2016.6 신인문학상 수상

영원한 존재

윤정연

설렘 반 두려움 반으로
발걸음을 내딛습니다
한 계단 한 계단 내딛으며
어느덧 생각과 상관없이
그대 앞에 섰습니다

내 과거는 그대 앞에
숨김없이 보이고
거짓도 미움도 가진 것 모두
그대 앞에 허무함으로
모두 다 내려놓습니다

뜨겁게 심장 속으로 타고 들어와
온 몸의 피를 돌리고
어두운 먹구름들은 흩어져
몸 밖으로 퍼져 날아가
세상 위에 뿌려져 사라집니다

가벼워진 몸과 마음에서
새롭게 피어난 새싹은
눈빛에서 머리에서
손길에서 가슴에서
맑게 자라 오릅니다

그대 안에 있다는 행복이
감사와 사랑과 이해로
점점 더 크게 퍼져 나아가
온몸을 휘감아 돌며
한없는 기쁨이 됩니다

그대 안에 거하며
영원히 함께 하기를
간절함으로 두 손을 모으며
날개를 활짝 펴서
밤하늘로 날아오릅니다

그대만은 영원 합니다

이별이 찾아 온 길

버스가 지나갑니다
분명 타야 하는 버스인데
그냥 보냅니다
벌써 몇 번째
버스가 스쳐 지나갑니다

많은 생각들이 나를 붙잡고
놓아주질 않습니다
결국 의자에 앉아
내 몸을 의지해 봅니다
한 발도 걸을 수가 없습니다

어제도 탔던 버스가
이리도 낯설을까요
이대로 타고 가버리면
다시는 돌아갈 수가 없을 것 같아
발을 뗄 수가 없습니다

시간이 지나고 또 지나도
혼자 있는 나를 발견합니다
마음을 추스르고
발길을 떼어 봅니다
잠시 머뭇거리다가
버스에 몸을 싣습니다

이제 내게 올 시간은
지난 추억들을 잊어야 할
슬픔들이 찾아오겠죠
창밖으로 비친 내 볼에
눈물이 타고 흘러내립니다

이제 시간이 빨리 흘러
추억들조차 까마득해지기를
너무 바빠져 생각할 시간조차
허락되지 않기를 바래봅니다

어느 덧 도착한 버스가
나를 밀어 냅니다
그렇게 잊으라고 말입니다

그립고 보고픈 그대

윤정연

오늘은 그대가 그리워
부쳐도 도착하지 않을
편지를 써봅니다

그리움에 사무쳐
글이라도 써놓으면
이 마음이 닿을까
그리하면 꿈에라도
나타나 줄까 하는 바람으로
마음을 그려 냅니다

언제나 따뜻했던 두 손
늘 밝은 미소로
맞이 해주던 포근함
잘못한 일들도 그대 앞에선
햇살에 가려져 흩어진 먹구름이었고
단 한시라도 배고픔이 없이
가득한 행복함이 있던
그대의 자리와 깊은 마음

그러다 어느 날

그대를 그리다 잠이 든 내 곁에
다가 와 귓가를 속삭이고
머릿결을 쓰다듬으며
자장가를 불러주면
어느 새 편안한 미소가
입가에 번지고 나는 스르르
까만 밤에게 안깁니다

따뜻한 온기가 채 가시기도 전에
동트는 새벽녘이 되면
안개가 걷히듯
아쉬움을 뒤로한 채
흔적도 없이 사라집니다

보고프고 그리운 그대
바로 어머니입니다

그대를 보내야 한다면

윤정연

어느 날 문득 그대가
맘이 변해 내게 등을 보인다면
나는 어찌해야 할까요

마음을 다해 사랑했건만
그 사랑이 진실이 아니었다면
나는 어찌해야 할까요

이미 돌아선 마음이라면
잡을 수도 없는 마음이 되었다면
나는 어찌해야 할까요

그냥 보내주어야만 할까요
아니면 붙잡고 울까요
돌아와 달라고 날 버리지 말라고

정말 그때는 어찌해야 할까요
시간이 지나면 다 잊혀지게 될까요
그렇지만 그 시간을 어찌 감당하죠

가슴이 조여오는 건
마음이 시려오는 건
이미 그대가 떠난 거겠죠

그냥 그런 그대를 붙잡지 않는 것이
어쩌면 내 자신을 위한 것일 수도
이것이 나를 사랑하는 방법일 수도

그냥 그렇게 보내주렵니다.

희망

윤정연

가만히 너를 바라본다

하루를 보낸 지친 어깨와
흐트러진 머리칼에
햇살이 내려와 비추니
따뜻한 온기가 휘감아 돌며
너의 모습에서 빛을 뿜어 낸다

그렇게 종일 세상과 부딪혀
힘겨워 잠시 쉬고 있더라도
너의 눈빛은 용사처럼
힘을 잃지 않는다
그것이 너의 매력이다

그렇게 너는
빛과 부딪혀 이겨 낸 무지개처럼
숨 고르며 일어서 또다시 시작된
하루를 향해 달려 나간다

그런 네게서 오늘도 희망을 본다

햇살 드는 창

대한문인협회 경기지회 동인문집

이민호 시인

♣ 목차

1. 선로
2. 마음의 병
3. 모로 누운 섬
4. 이런 날
5. 소나기

■ 프로필

호. 民歌
2001년 1월 문학21 시 부문 등단
글뜰문학회 정회원
(사)창작문학예술인협의회 정회원
대한문인협회 경기지회 홍보차장
(주)SZ Creative APP UX디자인 자문위원
(주)MINORAXIS 기획, 컨셉디자인 자문위원
마로니에 엔터테인먼트 파라솔 언론대변인
APPTRIO 대표

선로

이민호

기차가 역으로 들어와
작은 점으로 사라지고
낡은 침목은 점점이 젖는다
때마침 하늘이 그리움을 내린다

그리움은 오래 전 근사한 노랫말로
지상의 모든 선로를 깨우고
아이의 입으로 악보를 쓰는 존재였다

당시에 세상은 온통
즐거운 음악에 고무 되어 있었다
기차가 역을 떠날 때는
멀리 하늘과 맞닿은 지점으로
희뿌연 설렘이 피어났다

아름다운 감격으로 전율하듯
심장은 한없이 쿵쿵대며 웃었으리라

그것이 언제부터인가

선로에 희미한 아쉬움만
아스라이 퍼지는 것이다
어느새 커버린 아이는
노래 대신 짧은 한숨을 입에 물었고

비가 와야 한 번쯤 보는 하늘이
멀리, 아주 멀리에서 기차를 토해내도
더는 근사한 노랫말이
바닥을 울리지 않았다

선로를 바라보던 사내는
가만히 걸음을 옮긴다

언제 맞아도 익숙지 않은 비가
따라올 것이다
이제부터는
여기가 출발선이다

마음의 병

어쩌다 생긴 상처에
문득
안으로 더 안으로
공명하듯 질러댄 고통으로
움츠려 발버둥 치듯 자라난
작은
돌멩이 하나
고작 그거 하나 버리려고
기어이
산 전체를 갈아엎는
염병할 생각

모로 누운 섬

이민호

해가 지고 먹구름이 자리를 깔았다
오갈 데 없는 한숨이 맥없이 돌아누웠다

빈속으로 일어난 위장은
고독과 잔을 부딪치다
불완전 연소하는 나무처럼
희뿌연 공상을 피워냈다

왠지 모를 서운함인가
비는 사방으로 정색한다
그리고 웃음만 걸러진 듯 여기저기
냉랭한 웅덩이를 만들었다

그것을 부수고 지나가는 침묵
밑으로만 향하는 비처럼
언어는 언제부터인가   그 곳에 곰팡이가 피어났다
좁은 생각들을 파고들었다   먹은 게 없어 거친 숨을 토해내던 입이
                            하나둘 그 냄새 나는 것들을 집어삼켰다
                            참기 힘든 목마름이 발목을 잡는다

                            이런 갈증
                            이런 날
                            우산을 들어 갈 길을 본다
                            아는 길인데 한편으로 기억이 없다
                            한숨이 무심하게 뒤척인다

이런 날

이민호

날이 뜨거워서인지
잠을 못 자서인지
은근한 갈증으로
술 한 잔이 그리운 날이 있다

이런 날이면
온갖 명분을 다 붙여서라도
이유를 만들고 싶다

취기가 그리운 듯
사람이 그리운 듯
막연히 주소록만 훑어보는
그런 마음

그렇게 전화기를 보다
아무것도 못 한 채
지는 해를 바라보는
이런 날이 있다

소나기

이민호

낙엽을 보내고
하얀 눈 덮어쓰다
문득 바람에 일렁이는 나무
난 자리에 자라
쉼 없이 흔들리고 질 여정
여름의 옹알이 같은 일조에
나 좀 보라 재잘대더니
새순 움트는 듯
비 몇 방울에 자지러지는 웃음들
그저 그 모습이 좋아 미소 짓는
신록의 해갈이
내게 무슨 의미가 있다고
저이들 가슴으로 부딪치는 소리에
이토록 가슴이 저미는가
괜스레 심술이 난다 몹쓸 심정
알 수 없네
이 마음

햇살 드는 창

대한문인협회 경기지회 동인문집

이순구 시인

♣ 목차

1. 그림자
2. 밤하늘
3. 산골짜기 오두막
4. 이별하던 날
5. 벗

■ 프로필

경기도 안성 거주
대한문학세계 시 부문 등단
(사)창작문학예술인협의회 정회원
대한문인협회 경기지회 정회원

그림자

이순구

칠흑 같이 어두운
밤길을 거닐다 보니 섬뜩한 느낌이 온다

혹시나
누가 뒤 따라 오지 않을까
뒤 돌아 보면 아무도 보이지 않아

적막함으로 휩싸여 허전함과 허무함이 물밀 듯 밀려오는 듯하다

나도 모르게 오싹할
정도로 한기가 나의 마음을 휘돌고
지나간다

차가운 냉기 서린
처절한 몸부림을 쳐
대는 것 같다

행여나 하는 마음에 뒤돌아보니
달빛에 비추어진 모습이 나의 그림자를 만들어
따라 옵니다

어두운 길목에 서성이며 밤하늘에
빛나는 별을 바라보며 나 홀로
시름에 젖어 가슴속에 스미는
서글픔만 적시고 있다

밤하늘

이순구

초저녁 하늘이
어둡고
깜깜하더니

어느새 구름 위에
별 하나 반짝

도시의
소음에서 벗어나

시골의
맑은 공기 마시며

밤하늘 별을 보며
그립던 어린 시절
추억 속으로 여행을 떠난다

밤 하늘에 수놓은
별들만큼이나
그대가 행복하기를
나는 소망한다

나의 사랑 그대에게
별들의 속삭임을 선물할 때

집으로 가는
길바닥에는
흐린 하늘이 발등에 밟힌다

146

산골짜기 오두막

이순구

인가 너머
외딴집 한 채
자연 속의 생태보호
한 채로 숨 쉬는 곳

밤하늘의
별과 달이 비추고
이름 모를 풀벌레
노래를 부른다

늦은 밤
사랑을 부르는 소리
가만히 귀 기울이면
서로 부르는 것 같아

아침이면
새들의 지저귐

산속의 모든 생명들은
깨어나 아침 이슬처럼
푸르른 녹음 합창을 한다

이별하던 날

이순구

모든 것이 암흑이었다

하늘도
그대가 떠나는 걸
알기라도 한 것일까

별도 달도 없는 까만 밤
녀석들도 또 어디로
떠나간 것일까
저 하늘 어딘가에로
어쩜
그것이 분명하리라

비가 내린다
그 별과 달의 눈물이...

한 방울
두 방울...
내 가슴에 비가 내린다

그대 떠난 까만 밤
내 슬픔 위로
별과 달의 슬픈 눈물이
비가 되어
내 가슴을 타고 흘러 내린다

벗

이순구

발걸음
닿는 대로 어둠이 와도 찾아갈 수 있다는 것
기쁨이고 행복입니다

내가
누구를 기다리고 누가 나를 기다린다는 것은
그것 또한 사랑이지요

내가
머무를 곳이 없다면 아무 소용없듯이
이 시간도 무의미한 것을

누군가
함께 도란도란 얘기 나누면서
차 한 잔
함께할 수 있는 것이 행복인 것을

벗이 있기에 한 잔의 술을
나눌 수 있는 것이 기쁨입니다

햇살 드는 창

대한문인협회 경기지회 동인문집

이정란 시인

♣ 목차

1. 무청
2. 열무와 얼갈이
3. 가을 우체국 앞에서
4. 그리움
5. 해인(海印)으로 가는 길

■ 프로필

경기도 부천시 거주
대한문학세계 시 부문 등단
(사)창작문학예술인협의회 정회원
대한문인협회 경기지회 정회원

무청

이정란

찬바람이 불고
서리가 내릴 즈음이면
푸르름이 사위어 가는
쓸쓸한 들녘엔
파아란 무우청도
가을맞이를 한다

처마 밑
담벼락에서
황태처럼
바람을 맞고 눈을 맞으며
얼었다 녹았다를
반복하면서
겨울로 삐들 삐들
말라만 간다

찬바람이 불면
지금도 무청을 엮는
울 엄마의 모습이 아련하고
시골집 빨간 아궁이에는
시래기 된장국이
뽀글 뽀글 끓고 있다

열무와 얼갈이

이정란

언제나 철이 되면
누구나처럼
홍고추 갈고 찹쌀풀 쑤고
까나리 액젓 넣어
김치를 담근다
빨갛게 물을 들인 너를
볼이 넓은 양푼에 넣고
꽁보리밥과 고추장
그리고 몇 방울의 참기름을
뚝 뚝 떨어뜨리고
쓱싹 쓱싹 뒤집고
또 뒤집는다
어울렁 더울렁
고소한 냄새와 섞여져
제법 맛깔스럽게
비벼진 양푼이 비빔밥
수저보다 먼저 침이 꼴깍 한다
무엇일까 불현듯
양푼이 속에
하늘처럼 어머니가
스쳐 지나간다

가을 우체국 앞에서

이정란

가을에는
누구에게나 편지를 보내야 한다

부끄럽지 않은 삶으로
언제나 순수한 마음으로
누구나 생각한 가을은 아닐지라도

나의 향기와
나의 느낌
나의 생각을
그대로 담아
누군가의 그리움을 위해
우체통에 넣어야만 한다

한사람이 지나가면
한사람의 상처가 남는 법
또 한 번의 사랑이 지나가면
또 한 번의 사랑이 기다리는 법

먼 훗날 이 편지를
어떤 이가 보낼지도
또 읽을지도 모르지만

가을에는
편지를 보내야 한다

그것이 가을이니까

153

그리움

이정란

지나간 날들은
봄처럼 머무를 수 없기에
꽃의 향기인지
마음의 향내인지
헤아릴 수 없지만 모두가
이름 모를 들꽃으로 피었으면
좋겠습니다

지나간 날들이
맑은 하늘에서 쏟아지는
소나기처럼 지나갔을지라도
여름날의 함성에는
젊음의 미소가 행복의 미소가
너무도 아름답고 뜨거웠기에
그날을 늘 기억하렵니다

지나간 날들은
가을처럼 머무를 수 없기에
바람이 불면 앙상한
나뭇가지로 흔들리우고
소리없이 툭 툭 떨어지는
나뭇잎처럼 홀연히
흩어지고 싶습니다

지나간 날들이
진눈깨비로 내리는 날에는
가버린 날들을
붙잡을 수 없기에
가슴 속의 별도 달도
원 없이 함께하여
밤새워 울었으면
좋겠습니다

154

해인(海印)으로 가는 길

이정란

어둠을 헤치고 가노라
새벽까지는 그곳에 가노라

새소리 어깨에 얹고 가노니
잎새 마다 아침 이슬
청정의 꽃으로
방울방울 맺혔구나

해인으로 가는 길엔
만행과 만덕이 서려 있고
화엄으로 꽃피워
풍경소리 정토로 향하지만
아직 갈 길은 멀고도 험한 길이구나

마음은 언제나 그곳에 있어도
그곳에 머무를 수 없으니
사바세계 백팔번뇌는
연화의 불빛으로
가는 곳마다 붉디 붉구나

해인으로 가는 길은
늘 온화하오니
나 행복하노라

해인으로 가는 길은
늘 평온하오니
나 부럽지 않은 속세의
부처님이구나

155

햇살 드는 창

대한문인협회 경기지회 동인문집

이철기 시인

♣ **목차**

1. 시작
2. 제 마음에 커튼을 쳐요
3. 새벽
4. 이별
5. 글쓰는 사람의 의무

■ 프로필

대한문학세계 시 부문 등단
(사)창작문학예술인협의회 정회원
대한문인협회 경기지회 정회원

시작

이철기

아침이다
시작이다

시작을 한다
일침을 맞는다는 느낌으로

시작하는 마음
시원스럽게

시작할 때
늘 쉬운 일이 아니라는 마음으로

좋은 하루를 만들 것이라는
시작을 한다

부끄러운 글을 만들 수 있는
시작을 한다

2016년 1월 2일 09시 05분 시작을 시작하며

제 마음에 커튼을 쳐요

이철기

창문에 커튼을 치는 이유는
해를 가리기 위함입니다
마음에 커튼을 치는 이유는
제 마음을 가리기 위함입니다

그대 좋아했던 마음
그대 떠나보냈던 마음
그대 사랑했던 마음
그대 미워했던 마음
모두 당신께 보여드리고 싶지 않습니다

당신께 제 마음을 숨기려는 것이 아닌데
그냥 왠지 당신께 제 마음을
보여드리고 싶지 않을 뿐입니다
제 마음 보여드리면
제 생각대로 움직이실까 봐
당신 부담되실까 봐
나보다는 당신의 말과 행동이 중요하기에
아예 제 마음 안 보여드리려고
제 마음에 커튼을 칠뿐입니다

하지만 그대
그대는 제발 그대 마음에 커튼을
치지 말아 주십시오.

2015년 1월 2일 17시 문득

새벽

이철기

새벽은 밤과 낮의
매일 같이 새로운 벽입니다

근심, 슬픔, 우울함 따위는
벽 저쪽 밤에다 놓아두고
희망, 기쁨, 설렘 등은
벽 이쪽 낮에 가져오면 됩니다

밤과 낮을 분단시키는 새벽!
우리는 굳이 천근같은
어두움까지 지고
이 벽을 넘습니다
아니 새털 같은
밝음을 놓아두고
넘기까지 합니다

그대여!
밤과 낮 사이에는
새벽이 있습니다
어두운 삶은
어둠 속에 묻어두고
밝은 삶은
밝은 낮으로 가져올

2016년 1월 3일 04시 15분 새벽에

이별

이철기

아플 줄 알았어
그래도 이별해야 해
솔직히 너무 아파

이럴 줄 알았으면
우리 만남 즐거웠던 시간
반만 즐기고
반은 가지고 있을 걸 그랬어
그 반의 시간을 잘게 부수어
가루 낸 다음
이별할 때 찢어지는 마음
때울 걸 그랬어

우리 언젠가 다시 만날 거야
다시 못 만난다 하더라도
네 눈빛 하늘의 별로 걸어 놓았으니까
그 별빛 보면서 너 생각할게
내 비록 별이 못 된다고 해도   갈게!
흙이라도 되어   마음까지 거두어 간다
너를 바라볼 거야   미련 남지 않게
언제나   잘 있어!
                                    내 사랑!

2016년 1월 4일 16시 25분 문득

글쓰는 사람의 의무

이철기

한국인은 말합니다
"독도는 우리 땅"
일본인은 말합니다
"Takeshima is in Japan"
세계인은 이해합니다
영어를

영어를 배워야겠습니다
영어로
"Dokdo is Korean island"라고
외치고
독도에 관한
영시를 지어야겠습니다
그것이 글 쓰는
저의 의무입니다.

2016년 1월 8일 13시 50분 문득

햇살 드는 창

대한문인협회 경기지회 동인문집

임숙희 시인

♣ 목차

1. 배꽃 같은 당신
2. 무궁화
3. 참 행복하겠습니다
4. 나무와 같은 사람
5. 당신과 나는

■ 프로필

대한문학세계 시 부문 등단
(사)창작문학예술인협의회 정회원
대한문인협회 경기지회 총무국장
한국문인협회 회원

2014년 한줄 시 공모전 장려상
        대한문인협회 올해의 시인상
2015년 한국 문학 올해의 작가상
순우리말 글짓기 전국 공모전 동상(2014, 2015, 2016)
대한문인협회 금주의 시, 이달의 시인
명인명시 특선시인선 선정

〈공저〉 명인명시 특선시인선, 텃밭 문학 8호
        움터 영상 문학회 7호, 8호 영상 시집
〈저서〉 "가끔은 그렇게 살고 싶다"

배꽃 같은 당신

어쩌다 보니
나란히 지는 해를
바라보고 있습니다

걸어온 삶의 길에
한숨을 먹고, 웃음을 먹고
어느 것 하나 외면할 수 없는
올망졸망 꽃이 피었습니다

돌아보면
아프지 않은 일이 없고
기쁘지 않은 일이 없습니다

얼마를 더 가야 할지
끝 모를 삶의 길에
가시로 남은 장미는 거둬두고
온화한 미소가 아름다운
당신 닮은 꽃을 피우렵니다

무궁화

길모퉁이 돌아서면
분홍빛 고운 자태로
마음을 훔치는
수줍은 새악시

잰걸음으로 네 앞에 서면
걷잡을 수 없이 밀려오는
가슴 벅찬 뭉클함

아!
그랬구나

여름날
피고 지고 또 피어나는
짧은 생生, 지고지순한
끝없는 사랑이었어

참 행복하겠습니다

임숙희

사랑하는 마음만으로
세상을 살아갈 수 있다면
참 행복하겠습니다

살면서 함께 할수록
평온한 마음을 주는 사람이라면
삶의 기쁨이겠습니다

바쁘게 돌아가는 세월 속에
단 1초라도 미소를 머금게 하는
누군가 곁에 있다면
더없는 행복입니다

화려한 꽃이기보다
은은한 향기 풍기는
들꽃 같은 사람과 함께 라면
참 행복하겠습니다

제목 : 참 행복하겠습니다
시낭송 : 박영애
스마트폰으로 QR 코드를 스캔하면
시낭송을 감상할 수 있습니다.

나무와 같은 사람

임숙희

하늘이 넓은지
나무의 품이 넓은지
오가는 그 길목에
커다란 나무 한 그루

겨울 하늘에
가지만 그려놓고
움츠린 그대 가슴에
따뜻한 햇살 내리더니

파리한 낯빛은
꽃눈 내리는 어느 날
연푸른 잎새에
햇살을 걸어놓고
싱그러운 향기 하늘하늘

하늘만큼 넓은 품으로
힘겨운 그대를 반기는
오가는 그 길목에
커다란
나무와 같은 사람이고 싶다

당신과 나는

임숙희

항상 설렘이 될 수는 없겠지요
항상 기쁨이 될 수는 없겠지요

눈시울 붉어지는 어느 날에
아린 가슴 토닥이는
그 누군가로 살았으면 좋겠어요

불현듯 보고 싶은 사람이
누구냐고 묻는다면
주저 없이 서로를 부르는
우리로 살아요

늘 좋을 수는 없겠지요
때로는 상처로 아파하겠지요

슬픔이 흐르는 어느 날에
기대어 울 수 있는 품을 내어주는
그 누군가로 살았으면 좋겠어요

비바람 할퀴고 지나간 자리에
햇살과 같이 고운 빛으로
늘 푸른 소나무처럼
변함없는 마음으로 살아요

흐르는 물과 같이
맑고 투명한 우리로 살아요

햇살 드는 창
대한문인협회 경기지회 동인문집

장미례 시인

♣ 목차

1. 가을
2. 남매
3. 불꽃 구경
4. 복숭아
5. 포천 가는 길

■ 프로필

대한문학세계 시 부문 등단
(사)창작문학예술인협의회 정회원
대한문인협회 경기지회 정회원
예솔음악학원 원장

가을

장미례

그렇게 다시 주황빛 단풍이 떨어진다.
아파트 숲에도
보이는 산에도
달리는 자동차 옆 도로가에도
아름다운 채색으로 물들은 잎들도
곧 남김없이 지고 나면
가지만 쓸쓸히 남겠지

살짝 내리는 빗방울이
떨어지기 싫어 남아있는
이파리의 등을 떠민다

발 아래 짙은 가을빛 융단은
슬프리만큼 화려하다

맨발로 걸어본다

겹겹이 쌓인 바랜 잎들이
발바닥을 간지럽힌다
색 엷은 겉옷도 어느새 낙엽 빛으로 물들고 있다
차라리 겨울이 빨리 왔으면...
가을은..왜인지 슬프다

남매

5남매는 매일같이
눈만 뜨면 웃었다

부모님의 힘든 삶을
이해하지 못한 채
땀 흘리며 깔아주는 요에
누울 때까지 웃고 또 웃었다

여름엔
속옷 한 장 옆구리 메고 시간 반이나 걸리는
바닷가를 향해 걷고 또 걸어서
종일 모래 속에 몸을 말려가며
파도를 탔다

어머니의 힘든 일상을
남매는 노랫말로 만들어
기타를 치고 노래를 하며 웃고 또 웃었다

그렇게 웃던 남매는 다 어디로 흩어졌을까
지금도 그 웃음을 기억하며
지금도 그렇게 웃고 있을까

웃을 수 있었던 시간들이
웃음을 잃고 나서야 사무치게 그리워진다

불꽃 구경

장미례

코발트 하늘빛이 어느새 긴장에 쌓인다
전쟁 하루 전처럼 적막이 흐르고 이윽고
준비를 알리는 알 수 없는 작은 소음이 들린다

연들은 녹지 않는 솜사탕 같은 구름 뭉치 사이로
이리저리 떠다니고
주인 손에 이끌려 나온 커다란 개도 목마른 듯
혀를 내밀고 하늘을 응시 한다
연인을 기다리던 남자는 지루함에 하품을 하고
자리 깔고 앉아 있던 할머니는
옥수수를 내밀며

커지는 음악소리에 젊은이들은 몸을 흔들고
텐트 속의 아이들은 기다림에 지쳐 잠들어 있다
이제 보게 될 숨막히는 빛의 향연으로 아까의 후회를 잠재우게 되겠지

불꽃들이 가슴으로 내려앉는다

마술같이 수만 가지 모양을 그리며 나타났다 사라진다
상상 이상의 뜨거운 꽃들이 머리 위에서 부서지고
어두워진 하늘에서 터지는 불꽃에
환희의 목소리들이 묻혀 커다란 메아리를 만든다
다리에도 무수히 많은 빛이 펑펑 쏟아진다

빛으로 적셔진 가슴을 털고 일어난다
나는 오늘.. 서울이 좋다

복숭아

장미례

늘 이맘때면
수줍은 새색시마냥
얼굴 붉히며
과일집 한 켠에 쌓인 복숭아

달려가 한 보따리 사서 들고
소쿠리에 담는다
깨끗한 물에 목욕시켜
하이얀 그릇에 담으니
아기 엉덩이 같기도 하고
수채 물감으로 풀어놓은
하트 그림 같기도 하다.

쉽게 벗겨지는 속옷 속
뽀오얀 살이 드러난다
어느새 입안에서 사라져버리는 맛 향기
코끝까지 황홀하다
복숭아 계절이
나는 참 좋다.

포천 가는 길

장미례

안개인지 구름인지
낮은 산허리를 비집고
천천히 움직이는 모습이
너무나 그윽하고 아름답다

어젯밤 뿌린 비에 더욱 짙은 녹색 잎들이
먼지처럼 떠다니는 여린 안개에
얼굴 간지러운 소녀마냥
웃으며 춤을 춘다

숲 사이 드물게 보이는 파란 양철 지붕 밑에는
어떤 사람들이 살고 있을까
오는 휴가에 행여 손자가 올까 기다리는 노부부일까
밭에서 이리저리 걷어온 채소거리 다듬는 아낙네일까

계곡 아래 들리는 맑은 악기들 소리
그건 작고 큰 고랑에서 흐르는 물소리였네
흩어진 아기 물고기들은
연주회에 초대된 손님처럼
바쁘게 바위 밑 무대로 몰려든다

나의 주님은 세상을 이리도 아름답게 지으셨을까

햇살 드는 창

대한문인협회 경기지회 동인문집

장춘희 시인

♣ 목차

1. 새싹
2. 봄
3. 시래기
4. 수락대
5. 항 암

■ 프로필

2013년9월 개인 문집 '옛날의 금잔디' 펴냄
2015년6월20일 대한문학세계
　　　　　　　수필 '비단 조끼'로 등단
(사)창작문학예술인협의회 정회원
대한문인협회 경기지회 정회원
2015년12월 현대 창작 문학회 정회원
　　　　　　회원동인지에 작품 실음

새싹

장춘희

들썩,
작은 어깻짓
대지를 들어 올린다.

또 한 번 안간힘에
세상마저 들어 올렸다.

봄은
늘
여린 몸짓으로
우주를 열더이다.

봄

장춘희

아직은 당신을
맞이할 수 없습니다.

반갑잖은 손님이
여직도 머물러서요.

그러나
광대한 어둠도
사뿐히 걷는
당신인 걸요

시래기

장춘희

겨우내 시린 바람
금빛 옷 갈아입고

사락사락 그네 타는
뒤란 벽 종종머리

해묵어 기다린 임
정월 보름 나들이

연지 곤지 분단장
고와진 모습은

하늘에 피어 있는
달님 같아라

수락대

장춘희

쿵, 쿵,
강 위쪽에서 심장 쪼개는
소리가 들린다.
그런 날은 물고기들이 배를 드러내고
떼를 지어 떠내려왔다.
그 밤,
짙푸른 옥빛 강물은 그만 달빛을 타고
하늘로 올라가 버리고 말았다.
바람도 천 년의 숲을 몰고 떠나버리고
들녘은 노래를 잃었다
여름이면 자맥질 하던 아이들의
드높은 재잘거림도 침묵으로 가둬버린
강바닥은 검붉은 상처로 맨살을 드러냈다.
낮이면 쉼 없이 척척 소리를 내며 일을 하고
밤이면 낮에 있었던 이야기를 두런두런 들려주던
물레방아도 제자리에서 허물어져 간지 오래다.

이제 볼품없이 늙어버린 수락대는
이 모든 것을 앗아간 게 '경제 개발'이라는
알 수 없는 소리를 들었다.

항 암

장춘희

아침에 눈을 뜨면
하늘이 시커멓게
나를 내리 덮는다.
가슴에서 시뻘건
불덩이가 치솟는다.
오늘 하루라는 시간이
거대한 절망으로 다가온다.
조미료를 크게 한 입 털어 넣은 것 같은
메스꺼움,
울컥울컥 온 몸을 마구 흔들어댄다.
목구멍을 타고 꾸역거리며
밀고 올라오는 말간 이슬에
분노가 솟구친다.
아, 어제도 오늘 같았고
내일 또 오늘 같은 구속감에 주저앉는다.

햇살 드는 창

대한문인협회 경기지회 동인문집

전선희 시인

♣ 목차

1. 마음꽃
2. 그대를 위한 기도
3. 한 여름날의 오후
4. 천국이라 부르리
5. 지금

■ 프로필

경기도 용인 거주
대한문학세계 시 부문 등단
(사)창작문학예술인협의회 정회원
대한문인협회 경기지회 정회원

마음꽃

전선희

내 마음에
작은 꽃밭을
만들어

사랑이라는 꽃을 심었네
날마다 향기가 나는
사랑꽃

내 마음에
사랑 꽃밭을
만들어

행복이라는 꽃을 심었네
언제나 지지 않는
행복꽃

내 마음에
행복 꽃밭을
만들어

아름다운 마음을 심었네
영원히 빛이 나는
마음꽃

그대를 위한 기도

전선희

싱그러운 아침이면
해가 떠오르듯
이른 아침 눈을 뜨면
그대를 생각합니다

그대를 향한 마음으로
솟아오르는 해를 보며
오늘도 그대를 위한
소망의 기도를 합니다

눈부신 햇살이 세상을 밝히듯
그대의 아름다운 향기가
세상 사람들에게 행복을 주는
희망의 빛이 되게 하소서

정겨운 풍경들이 우리의
마음을 행복하게 해주듯
그대의 밝고 환한 미소가
세상의 기쁨이 되게 하소서

최선을 다한 하루가
우리의 삶을 빛나게 해주듯
그대의 순간들이 모여
아름다운 인생이 되게 하소서

한 여름날의 오후

전선희

뙤약볕이 내리쬐는 무더운 여름날
계절에 충실한 8월의 오후

여름날의 주인공 매미조차
가만있어도 땀이 난다며
소릴 지르고

여름날의 엑스트라 잠자리는
뜨거운 온도에 더는 어지러워
날지 못하겠다며 하소연하는데

여름날의 꽃 해바라기는
이 까짓것 하며 아랑곳하지 않고
의연한 자세로 해를 바라보네

아직은 뜨거운 여름
시원한 바람과 나무그늘이 그리워
내 안의 그대를 그리는 한 여름날의 오후

제목 : 한 여름날의 오후
시낭송 : 박태임
스마트폰으로 QR 코드를 스캔하면
시낭송을 감상할 수 있습니다.

천국이라 부르리

전선희

햇살 가득한 아침
물안개 피어오르는 강가
고운 새소리
아름다운 풍경

나 이곳을 지상의
천국이라 부르리

따뜻한 마음
마주보는 눈빛
사랑스런 사람들과
함께하는 시간

나 이 시간을
천국의 시간이라 부르리

사랑해 행복해
감사해요 고마워요
도란도란 주고 받는
다정한 말들

나 이 말들을
천국의 노래라 부르리

지금

전선희

영원하지 않기에 소중한 지금
지금 그대에게 말합니다
사랑한다고

과거 속에 살 수 없어 중요한 지금
지금 나에게 말합니다
하고 싶었던 일들 맘껏 해 보라고

가진 것 없어도 누구나 소유한 지금
나 그리고 그대에게 말 합니다
오직 자신을 위한 자신만의 시간이라고

햇살 드는 창

대한문인협회 경기지회 동인문집

정미숙 시인

♣ 목차

1. 공허함만 남기고
2. 그대의 미소
3. 소낙비
4. 인생길
5. 제비꽃

■ 프로필

강원도 태백시 출생
문학의 봄 시 부문 등단
(사)창작문학예술인협의회 정회원
대한문인협회 경기지회 정회원

공허함만 남기고

정미숙

기억이 남아 있음에 가슴은
스쳐 지나가는 나그네 되어
바람 따라 사라지네

추억이 남아 있음에 마음은
조각 흔적 지우는 무심함에
구름 따라 떠나버리네

미련이 남아 있음에 영혼은
붉은 잿빛 멍든 아련함으로
노을에 묻혀 잠들어가네
텅 빈 공허함만 남기고.

그대의 미소

정미숙

크게 웃지 않아도
뽀얀 잇 내 살짝 비추며
앵두 빛 머금은
그대 미소가 참 좋습니다

쌍꺼풀 짙게 그어진
반짝이는 눈망울로
장미향 흘리는
그대 미소가 참 좋습니다

쉼 없이 흐르는
포근한 빛살 끌어안고
행복 띤 꽃을 가꾸는
그대의 미소를 닮고 싶습니다.

소낙비

정미숙

흙빛을 띤 성난 구름들
거침없는 바람을 등에 업고
한바탕 물놀이를 즐긴다

하늘 아래 씻길 게 그리 많은지
눈먼 이들의 세상으로 바꾸려는지
깜빡이는 초침을 따라 퍼붓는다.

인생길

정미숙

보라
기억 너머 시간 속
드넓은 들판에 외로이
지쳐 허덕이며 맥 빠진
풀뿌리보다 못한 너덜한 삶을

가라
두려운 세월 속으로
가시밭 자갈길일지라도
버겁다 힘겨워 주저 말고
한 뚜벅 버리고 또 한 뚜벅 비우자

넘고 오르다 보면
굴곡진 사연들이 밀어주고
주름진 세월들이 이끌어주니
비로소 참된 행복의 미소만 남으리.

제비꽃

정미숙

보랏빛 머리띠 두르고
수줍은 듯 미소 지으며 핀 꽃
어릴 적 내 눈엔 그냥 꽃 이었다

길손이 한적한 호숫가
테두리에 오롯이 핀 너는
무지개 품은 물안개를 닮았다

따사로움에 녹아든 바람이
가냘픈 몸 흔들어 야해지면
그 유혹에 내 님 반할까 두렵다.

햇살 드는 창
대한문인협회 경기지회 동인문집

정연희 시인

♣ 목차

1. 나의 아버지
2. 그대를 위해
3. 가을 하늘
4. 생각과 마음
5. 가을 사랑

■ 프로필

경기도 의정부시 거주
대한문학세계 시 부문 신인문학상 수상
(사)창작문학예술인협의회 정회원
대한문인협회 경기지회 정회원

나의 아버지

정연희

정약국집 마당에 들어서면
온갖 여러 가지 한약재 향기
아버지의 처방 첩약은
소문난 유명세

언제나 아버지의 방엔
손님으로 가득 차고
향긋한 아버지 냄새와
아픈 사람들의 건강을
약속하는 약재들로 가득

아버지가 부르심에
대답이 없으면
불호령이 떨어지신다

긴 담뱃대로 재떨이를
탁 탁 치시는 소리가 들리면
무서워 신발 신을 시간도 없이
달아나느라 숨이 턱까지 차오르도록
걸음아 날 살려다오
뛰었었지

그리운 아버지의 손에는
언제나 먹물 냄새
향기로운 붓글씨 냄새

자상한 아버지의 큰 손으로
콩알만한 내 손을 감싸고
다정히 먹을 함께 갈고
어제의 지나간 신문지에
열심히 서예 연습 사랑

세 자매 중 제일로 몸이 약해
아버지의 등에 자주 업혀
마당을 거닐던 어린 시절의 추억

편안해지는 아버지의
냄새가 그립고
아버지의 먹물 냄새가 그립고
아버지의 책임 있는 첩약 냄새가
그리워진다

이제는 다시는 볼 수 없지만
보고 싶다
그리운 아버지

그대를 위해

정연희

그대의 눈빛이 그리운 날
집 앞 가로수 길을 걸으며

초록의 마음을 품었던
처음 그대로

비록 내 작은 가슴이지만
삶에 지친 그대를 위해

따스하게 준비된 여린
내 가슴에 살며시 들어오세요

하늘빛 사랑으로
아픈 그대 마음 진정시켜 줄게요

뾰족한 칼끝으로 마구 베인
상처도 아프지 않게

깨끗한 가슴으로
덧나지 않게 소독해 줄게요

초록한 내 가슴으로 부디
그대의 영원한 안식처가 되어 주리다

가을 하늘

정연희

하늘이 아름다운 날에는
고운 생각 향기에

세상 모든 것이
아름답게만 보입니다

가을 하늘이
맑고 깨끗한 날에는

청아한 목소리로
가을 향기 맘껏
부를 수 있어 기쁩니다

더 높아진 가을 하늘엔
뭐든 잘 될 것 같은
느낌이 있어 좋습니다

파란 가을 하늘을
보고 있으면
내 마음 풍성해져 좋습니다

아름다운 가을 하늘에
향기 나는 내 마음
수줍게 그리고 싶습니다

생각과 마음

정연희

고요한 마음에
생각이 일어나면
마음이 어지럽고
흔들립니다

차분한 마음에
초대하지 않은
생각들이 찾아오면
마음이 심란해집니다

생각이 복잡하고
산란하면
내 고요한 영혼의
소리는 멀리 도망갑니다

모든 일은
생각과 마음에서
일어납니다

가을 사랑

정연희

내 그리움에
가을색이 짙어지면
내 눈물엔 가을바람 냄새

스산한 마음 일렁이면
하늘거리는 코스모스 같은
사랑 그리고 싶습니다

풀꽃 마르는 그윽한
가을향기 날리는 날엔
내 여린 감성 피어올라

소녀스런 수줍음으로
가슴 뛰게 하는 노래
부르고 싶습니다

그리운 내 눈물로도
어쩔 수 없는
묘한 가을색은

사람의 마음을
감성적으로 솔직하게
만들어주는 마술을 부립니다

진한 가을 색으로 물들인
요술쟁이 내 마음속
쓸쓸과 고독이 사랑을 시작합니다

햇살 드는 창

대한문인협회 경기지회 동인문집

정태중 시인

♣ 목차

1. 벗이 되어
2. 임 오시는 길
3. 오살혈 놈
4. 안부
5. 아라뱃길

■ 프로필

경기 시흥 거주
대한문학세계 시 부문 등단
(사)창작문학예술인협의회 정회원
대한문인협회 경기지회 정회원

대한창작문예대학 5기 졸업
문예창작지도자 자격 취득

명인명시 특선시인선 선정(2006, 2009, 2015, 2016)

벗이 되어

정태중

이보시게
장대비도 오는데
달구경이나 하세

자네는
밀이나 서너 줌 따오고
처자는 정구지 한 소쿠리 베어 오소

회색빛 정자 낙수에
부침이 네댓 장 부치고
달 타령이나 한 곡조 풀어 보세

오늘 같이 비 오는 날
탁배기 잔 남실남실 달이나 가득 채워
세상사 시름 잊고 어화둥둥 취해보세

임 오시는 길

정태중

임이 오시는 길에
푸른빛 융단 깔고
청포도 한 송이 따다가
그늘진 정자에 놓아야것다

오시는 길에
흠뻑 젖은 땀방울 마르게
사분한 바람 날리우는 남쪽으로
주안상 놓아야것다

그러면
임은 청포도 드시고 가는 길
나는, 멀리서 바라만 보다가
붉은 포도주나 되어야것다

오살헐 놈

정태중

오후 세시
징그럽게 뜨겁구먼
등 껍질이 까질라고 허네
오살나게 뜨건 것이 머시랑가?
생의 반을 뜨겁게 사신 어매 목소리
불쑥 전화기 너머로 카랑하게 들려온다

안부는 까맣게 잊고
반가운 마음에 어먼 햇살만 꼬챙이에 찍혔다
그리고 보면
올봄 만났던 어매 손등이
저놈의 햇살 때문에 거북이 등이 되었을 터
필시 너는 오살헐 놈이 맞기도 하다

잊고 지냈던 세월이
오후 세 시 뜨거운 열기 속에서
스멀스멀 기어 나와
속옷까지 적시는데
그리고 본게 나도
오살헐 놈 맞다

안부

정태중

난 말이오
눈물도 말라버린 줄 알았소

그냥저냥 사는 게 힘들어도
호기롭게 웃으며
잘 있응께 걱정 안 해도 되구만이롸우
말끝에 요새 건강은 어찌요 라고
반 숨 먼저 뱉어 내고

얼토당토 안 하게
고샅에 질경이 꽃 폈는가 묻고
볼새 저승 간 월산 양반 소식이나 묻다가
인자 심도 안 하는 고추밭 소식 물을 참에

고개 들고 먼 산 쳐다봉께
워매 머리 우게 쏟아지는 저놈 땜시
땀방울이 흠씬 눈으로 흘러서
고추밭보다 더 매운디

어매는 듣기만 하다가
고샅에 콩쿠리 친지 언제 적 인디……
뭔 일 있다냐?
더우 먹었는 갑다
정신 차리게 냉수나 퍼먹으라 하시네.

　　콩쿠리: 콘크리트

아라뱃길

정태중

아라뱃길 따라서
서해로 흐르는 물

저 물길에 떠 있는
유람선 같이

그대 마음속 흐르는
순정의 물

그 물결에 작은 배 하나
띄우고 싶다

청춘의 꿈이 있던
정동을 떠나

굽이진 길에서 만나
돌고 돌아서 왔을 인연

이제는
노을 은은히 물든

정서의 아라뱃길에
조용히 띄우고 싶다

햇살 드는 창
대한문인협회 경기지회 동인문집

조동선 시인

♣ 목차

1. 인생길
2. 영원한 친구
3. 향수
4. 꿈속의 결혼식
5. 맨발의 가을비

■ 프로필

경기도 수원 거주
대한문학세계 시 부문 등단
(사)창작문학예술인협의회 정회원
대한문인협회 경기지회 정회원

인생길

조동선

잔잔하던 호수에
각자의 사연을 담고
하얀 집에 후송 됩니다

종교적 최후의
기적을 소망하며
영안실은 태풍의
폭우 소리 강물 되어
흐르고

바람 따라 왔다가
화살처럼 가는 인생
저승사자 종착론에
까마귀도 슬피 우네

삶에 감사하고
깨우치며 거듭 나는
인생길
자손만대의 길에
영원한 빛이 될지어다

영원한 친구

조동선

소싯적 친구는 슬픔시
그 누구보다 이 내 맘을
알아주며 함께했다

땅속에서 7년 동안 힘든
레슨 기간이 있었기에
최고 소프라노 가수이고
세월이 익어가며
더욱더 정겨운 공연이다

지상 7일의 짧은 삶 동안
최고 옥타브로 짝 만나
행복한 신방 후 간다기에
이 내 맘 아프구나

후손들이여
우리네 희로애락 삶에
정겨운 리듬 영원히

향수

조동선

눈을 감으면 까치가 노래하고
푸른 강 물새 노래 장단에
얼룩소가 쟁기 밭갈이 후 갈증을
해소하며 드넓은 채식 뷔페에서
송아지와 행복하던 곳

봄이면 아낙네 봄나물
향기가 온 동네에 퍼지고
우물가에 앵두꽃 등
온 누리 꽃향기에 취하며
봄날은 저물어가고

여름이면 은빛 모래사장에는
물 떼세 공연하며 강을 친구 삼아
낚시 수영놀이로 해지는지
모르던 곳

가을에는 익어가는 오색 향에
이 내 맘까지 풍성해지며
고즈넉한 들마루 모기장 안에서는
노을 보며 행복의 마술에 빠지고

겨울에는 화덕 땔감 나무 지게에
바둑이도 함께 하네 코 흘리기
친구들 눈싸움과 썰매 타며
뒹굴어도 탈이 없더라

강바람 버들피리 흥얼대고
송아지 엄마 찾는 고향
수십 년 전 땜으로 옛 흔적은 없고
지금은 일부의 추억만 있지만 차마
내 어찌 그곳을 잊으리오

꿈속의 결혼식

조동선

녹음의 단풍나무 잎은
매미의 열애를 시샘
쌀쌀한 갈바람에
단풍이 옷을 갈아입는다

폭풍으로
이내 몸을 휘감던 날
그리던 이상형의
고운 신부와
축복 속에 결혼식을 한다

여행은 돛단배 계곡 여행
신방에서 숨 가쁜 열애 중
천둥소리에
거품 물고 잠을 깬다

염원했던 현실이 아니면
영원한 꿈길 되고
익어가는 가을 문턱을
행복한 꿈으로 서성이다

맨발의 가을비

조동선

메뚜기 울던 열애의 논은
가뭄으로 갈라지고
야위어만 간다
태양의 열정은 식을 줄 모르고
벼는 건조증에 타들어간다
고귀한 가을비 맨발로
천둥 번개에 승차해
생명수를 온 누리에 적신다
갈라지고 굳어있던 논 이삭은
가을비에 고개를 숙인다
그 열정 명년을 기약하며
벼 잎은 윤기나고 알 또한
진상미가 될지어다

햇살 드는 창

대한문인협회 경기지회 동인문집

조민희 시인

♣ 목차

1. 어둠 한 점
2. 그냥
3. 노송
4. 그대
5. 행복

■ 프로필

경기도 부천 거주
대한문학세계 시 부문 신인문학상 수상
(사)창작문학예술인협의회 정회원
대한문인협회 경기지회 정회원

어둠 한 점

조민희

어둠이 짙은 밤하늘
적막은 하얗게 흐르고
그리움도 덩달아
내 몸을 감아 흔든다

새 한 마리 혼이 되어
밤을 지키고

음산한 새벽 바람은
나의 육신을
죽은 놈 씻어내어 염 하듯
스물 거린다

상처 난 그리움은
발정 난 승냥이처럼 온 밤을 울부짖고

희미한 풀벌레들의
구슬픈 곡조는
육신을 쓰러뜨리고
차디찬 서러움을 쏟아낸다

새벽이슬 육신을 깨우고
멀리 바다가 눈을 뜬다

그냥

조민희

그래
세상은 그런 거다
그냥 놔두면
굴러 굴러 가는 거다

구름 흘러가듯
바람 지나가듯

꽃 피고 지고
만나고 헤어지고
세상 그렇게 그렇게
흐르는거다

의미를 두지 말자
그냥 흐르도록 놔두자

울기도 웃기도 하며
그렇게 그렇게 가는 거다

이길 저길
제 갈 길 수 갈래 길 같다만
나중 길은 다 한길인걸
그냥 그냥 가라 하자

노송

조민희

긴 긴날 만고풍파 견디며
덧없는 세월 품어낸
늙은 몸뚱아리

부딪치고 깨진 절벽
바위 틈새 눌린 몸 견뎌가며
모진 바람 휘어잡고
비 눈보라 삼켜가며 산 섦은 세월

대 자연의
아버지 같은 우직함이
전장터의
장수 같은 기개가 있다

혼돈의 세월
묵묵히 견뎌내며
늘 강인한
푸르른 자태를 뿜어내는

너의 기백은 유유히 흐르는
바다를 닮았고

너의 기상은 하늘을 찌르고
땅을 가르니

모두가 너를 노래 한다

제목 : 노송
시낭송 : 박순애
스마트폰으로 QR 코드를 스캔하면
시낭송을 감상할 수 있습니다.

그대

조민희

그대라는 꽃의 향기는
어느 꽃에서도 느낄 수 없는
세상 단 하나
그대에게서만
취할 수 있는
무지개 향입니다

세상 단 하나 뿐인
그대라는 꽃
그 누구도
모방할 수 없는 그대 향
그게
바로 당신입니다

그대라는
꽃 향에 취하면

세상은
사랑으로
기쁨으로
행복으로 가득 찹니다

행복

조민희

아주 작은 것에서도
감사할 줄 아는 사람
행복해 하는 사람은
늘 기쁨이 있는 사람이다

큰 명예
큰 부귀
큰 권력에 행복이 있다고
생각하는 사람은
진정 행복이 뭔지 모르는
불행한 사람이다

주변에 아기자기하게
널려있는 작아 보이는 행복들이
부귀
명예
권력보다
얼마나 귀한 행복의 씨앗인지
세월 지난 뒤 알게 되는 것...

햇살 드는 창
대한문인협회 경기지회 동인문집

주응규 시인

♣ 목차

1. 춘삼월
2. 여름 장미화
3. 가을이런가
4. 동장군(冬將軍)
5. 사랑 낚시

■ 프로필

대한문학세계 시 부문, 수필 부문 등단
한맥문학 시 부문 등단
(사)창작문학예술인협의회 이사, 대한문인협회 사무처장
한국문인협회 회원, 텃밭문학 작가회 회장
대한문인협회 심사 위원, 계간문학 중앙위원, 청풍명월 언론이사
〈수상〉
2011년 대한문인협회 올해의 시인상
2011년 시와 수상문학 시 부문 특별상
2012년 대한문인협회, 국회사무처, MBC문화방송 주관
　　　　　전국시인대회 은상
2012년 한국문학정신 독도 시 경연대회 우수상
2012년 예술인창작협의회 한국문학예술인 대상
2013년 대한문인협회 주관 한국문학최우수 작품상
2014년 문학세대 전국문학창작 공모대회 인천광역시장 상
2015년 자유문학 전국문학창작 공모대회 전라남도지사 상
2015년 한국문학 베스트셀러 작가상
2016년 제4회 윤봉길 문학상 대상 수상
〈저서〉제1시집 "人生은 詩가 되어 흐른다"
　　　　　제2시집 "삶이 흐르는 여울목", 제3시집 "시간위를 걷다"
〈공저〉기타 여러 문인협회, 문학회, 신문 등 다수

춘삼월

주응규

새까만 눈동자 깊숙이 투영된
연초록빛 그림자

춘삼월 방절(芳節)이 왔다기에
지리밟혔던 날을 추슬러
가슴에 서리었던 눈물
발긋발긋이 꽃망울 터트려
싱그러운 봄을 피우리

봄 강에 멱 감은 낭창낭창한 햇살
기다랗게 늘어뜨려
꽃물결 타고 오실
임 맞으리.

여름 장미화

그 누가 불 질러놨길래
그대의 가슴은
불덩이가 되어
뜨겁게 타오르는가

나는 몰랐었다
그대의 용광로 같은
애끓는 사랑이
여름을 달구고 있다는
사실을

그대의 핑크빛 사랑 고백이
후끈 달아올라
무르익은 여름날을 끓이는
가마솥더위였음을
무심한 나는 몰랐었다

한여름 뙤약볕보다
따갑게 불사르는
여름 장미화여.

가을이런가

주응규

강렬한 볕에 짙붉게
그을린 마음이
늦여름 처마 끝에서
뚝뚝
낙숫물 지는 날

불현듯 떠오르는 얼굴이
햇살 알갱이에
소담스레 담겨온다

바람이 소슬히 불어와
허물어진 마음을
한량없이 흔들어 댄다

아! 가을이런가

동장군(冬將軍)

주응규

달빛마저 움츠려 떨고 있는 밤
싸늘한 눈초리에 냉기 오싹한
서슬 퍼런 동장군은
문풍지 틈새를 비집어 든다

군불 땐 여염집 구들방을 점거하여
제 몸 편히 눕히고자
이 집 저 집을 들쑤셔 다니는 불청객

곱잖은 눈으로 싸느랗게 흘기는
뭇 님네의 매몰찬 괄시에
시름시름 기력 잃어가는
동장군의 눈물방울에
봄이 가물가물 피어난다.

사랑 낚시

나는 매일매일 사랑을 낚시 한다
어제도 오늘도 내일도
그대의 사랑을 낚는다

내 사랑을 미끼로 꿰어
그대의 맑고 깊은
호수에 드리운다

설사 오늘 낚이지 않은들 어떠랴
내일은 낚으리라

나는 지금도 낚싯바늘에
마법의 주문을 걸며
사랑을 낚는 중이다.

햇살 드는 창
대한문인협회 경기지회 동인문집

최상근 시인

♣ 목차

1. 묵은 사랑
2. 그대도
3. 그리움은
4. 참이슬이여
5. 겨울 낙엽

■ 프로필

호는 안산
대한문인협회 정회원(2005년 등단)
대한문인협회 대한창작문예대학 학장
한국교육개발원 석좌연구위원, 교육학 박사.

〈저서〉
제1시집 "꿈을 하늘에 매달아 놓았다"
                    (2009,도서출판 시음사)
제2시집 "신촌 로터리 시계탑의 미션"
                    (2011,도서출판 한빛)
동인지 최상근 외 (2009) "커피와 비스켓" 도서출판 글
          최상근 외 (2011) "봄빛초대장" 뿌리

묵은 사랑

최상근

꼭 달성해야만 하는 것은 아니지만,
그래도 내 마음 한 구석에
언제나 남아있는 당신과의 사랑을
되새겨 보기도 하고
새롭게 그려보기도 하는데,
이것을 그리움이라고 할까요?
아니면 미련이라고 해야 할까요?
돌아오지 않는 당신의 답을
기다린 지 오래 되었습니다.

그대도

최상근

넓은 들판에 수 만 가지 꽃봉오리에서
벌이 단 물을 빨아 마신다고 해서
세상에 누가 아랑곳 하던가?
그대도 실컷 마셔 보게나.

깊고 시퍼런 바다가 잠깐 갈라졌을 때
사람들이 속살을 좀 봤다고 해서
바다가 부끄러워하던가?
그대도 속 가닥 한번 보여주게나.

그리움은

최상근

그리움은
그리다 만 그림이지
마저 그려야 속이 시원할 텐데
그 화선지는 어디로 날라 갔을까?

그리움은
타다 만 장작이지
마저 타야 숯이 될 텐데
그 불씨는 어디에 있을까?

참이슬이여

최상근

길게 늘어선 빨래 줄에 매달려
낮에는 마르고 밤에는 서리 맞아
온몸 붙을 대로 붙어 깡 말라버린
황태의 슬픔을 위로하고 싶구나
참이슬이여.

기나긴 날들을 그녀에게 내맡겨
낮에는 논밭 갈고 밤에도 구슬 땀 흘리더니
온 가슴이 갈비뼈에 붙어 쪼그라들은
중년의 서글픔을 위로하고 싶구나
참이슬이여.

겨울 낙엽

최상근

제법 큰 나무에 붙어살던
좋은 시절 다 가고
쫓겨난 지 얼마 안 되어
생을 마친 낙엽
누구 하나 밟아주지도 않아
이리 왔다 저리 갔다
자리를 못 잡아서 서러운데
하얀 눈 밤새 내려
무겁고 차가울 뿐

햇살 드는 창
대한문인협회 경기지회 동인문집

최원종 시인

♣ 목차
1. 바다 향기
2. 아픈 마음의
　　향기는 진하게 피네
3. 보고 싶은 당신
　　사랑스러운 당신
4. 꿈을 꾸는 밤
5. 밀월여행

■ 프로필

충남 청양 출생
호는 청솔
대한문학세계 시 부문 등단
(사)창작문학예술인협의회 정회원
대한문인협회 경기지회 정회원

바다 향기

최원종

비릿한 바다 향이 피어나는
작은 어촌 마을의 모래밭에는
시골 아낙들의 손놀림에
모래밭이 살아 숨을 쉬는 것을 느낄 수 있네

꼭꼭 숨어 있는 바지락과의 술래잡기
놀이에 빠진 시골 아낙은
뿌연 바닷물이 소리 없이 슬금슬금
들어와 시골 아낙의 고쟁이를 핥고
있는 줄도 모르네

쓰러져 가는 노송은
지나온 세월의 아쉬움에
삶의 애환이 생긴 가슴의 생채기에
해풍에 쓰러져 가는
끈끈한 눈물만 흘릴 뿐
노송은 말이 없네
오늘 밤도 파도와 작별의 정을 통하고
밀려 왔다 밀려가는
소복 입고 배웅하는 갈매기의
파도에 떠밀려 소복 입고
통곡 소리에 눈조차 감을 수 없네
노송의 애환을 노래하는 갈매기

오늘도
바닷가 노송의 치맛자락 밑에는
중년 남녀의 속삭이는 사랑의 노랫소리
갈매기의 울음 섞인 한 많은 노래
술래잡기하는 바지락과 시골 아낙의
목소리로 하루의 일기장을 덮고 있네

아픈 마음의 향기는 진하게 피네

최원종

뜯기고 짓밟힌 자리마다
풀 향기 진하게 피어나네
아픔의 생채기에서 피어난
눈물의 향기라서 일까?

바람 불어도 피어나는 게 향기인데
꼭 이렇게 생채기가 난 자리에는
하얀 눈물이 흐르고
눈물조차 아픔으로 닦을 수 없어
풀 향기로 아픈 마음을 씻는가 보다

찢기어 나간 풀잎
바람에 나뒹굴고
흙먼지 뒤집어쓴 채
바람에 날려 흔적조차 찾을 수 없네

아픈 마음 추스리려면
얼마나 많은 고통을 참아야 하는지
찢어지는 아픔을 알지 못하면
아픔에 대해서 서로 이야기 할 수 없겠지

찢어지는 아픔의 고통이 어디
풀잎에만 있으랴
인생의 아픔을 가슴으로 안고
인생의 슬픔을 마음으로
겪어보아야 아픔의 심정을 이해하겠지

당신에 대한 그리움
당신에 대한 사랑
내 몸과 마음으로 느끼고 있으니
간절한 게 그리움이고 사랑 이어라

아픈 마음의 생채기에서 피는 게
그리움의 향기인가
주고 싶어도 주지 못하고
받고 싶어도 받지 못하는
사랑의 향기
오늘 밤 당신에 대한 그리움에 맺힌
사랑의 향기는 아픈 마음보다
진하게 피어나네

보고 싶은 당신 사랑스러운 당신

최원종

당신의 입술은
꿀보다 달콤하다
파르르 떨리는
심장 소리는
당신에 대한 부끄러움인가

애닳게 떨리는 나직한
음성으로 당신의 이름을
불러보려 하지만
쑥스러움에 입가에만
맴돌 뿐 부르지 못하는
사랑하는 사람의 이름이여

수줍은 새색시 마냥
밤이 깊어 가지만
말 한마디 못하고   하지만 이렇게 기찻길처럼
되돌아온다   더는 가까이 갈 수 없는 게
                         우리의 현실 그저 바라만 보는
나의 사랑 당신이   해바라기 같은 사랑에
내 가슴 속에   자리를 잡고 있는
당신이 있어 마음은 행복이네 해바라기 가슴에 박혀가는 씨앗처럼
                         내 가슴에도 당신에 대한
                         사랑의 씨앗만 영글어 가네

꿈을 꾸는 밤

최원종

오늘은 당신이 좋아하는
헤이즐넛 커피를 가슴에
품어 봅니다

향긋한 헤이즐넛 향기가
당신의 향기처럼 내 가슴으로
다가오네요

조용한 밤
아무도 찾는 이 없는
밤하늘 아래
개울가에 바짓가랑이 걷어 올리고
당신과 다슬기 줍던 모습
떠올리며 당신의 향기를 더듬어 본다

오늘 밤은
밤하늘의 별빛도
눈물을 짓고 있을 때
달빛도 누군가 그리워하며
눈물짓고 있어 달빛의 눈가에
달무리가 지었나 보네

고운 분 냄새 풍기며
나의 콧등을 간지럼을 태우던 당신의 향기
언제쯤 이런 날이 다시 오려나
지금도 귓가에는 당신의
소곤대던 소리가 들리는 것 같네

그리워라
지난날의 추억
달무리 진 달빛에
어렴풋이 나타나는 당신의 모습
내일은 당신의 모습을 볼 수 있으려나
오늘 밤은 희망의 마법을 걸어 본다

밀월여행

최원종

바람이 꽃잎을 태우고 여행을 한다
꽃봉오리에서 떨어진 꽃잎 하나
바람이 목말 태워 하늘 높이
산과 강을 건너 낯선 곳
자리를 잡고 꽃잎에 남은 향기
쏟아놓는다

공기 좋고 물 좋은 곳
다람쥐 정신없이 소꿉놀이에
꽃잎의 비행 착륙도 모르고
어디선가 나타나 꽃잎 위를 한 바퀴
날고 있는 호랑나비

꽃잎은 낯선 땅에서도
바람과 밀월 여행으로
하루를 행복한 사랑으로 마무리 한다
총총히 떠오르며 쏟아질 듯한 별빛

별빛에 사랑의 주문을 하나씩 걸어본다
밤하늘을 날고 있는 반딧불이는
우리 사랑의 메신저인가?
반딧불이 불빛으로 사랑의 시를 쓰는
꿈에라도 사랑이 이루어지겠지
오늘 밤도 꿈을 향해 달려본다

햇살 드는 창

대한문인협회 경기지회 동인문집

한진섭 시인

♣ 목차

1. 빈방
2. 간이역
3. 나 어쩌면
4. 금연 결심 그 후
5. 바람아

■ 프로필

경기도 남양주시 거주
(사)창작문학예술인협의회 정회원
대한문인협회 경기지회 정회원
시상문학 회원
민주문학 회원
문학애 회원
시와 글벗 회원
초록안개 동인지

빈방

한진섭

그대가 떠나고 난 뒤
습관처럼 열어보는
그림자 없는 빈 방

그대의 체취라도
남아있지 않을까
한 조각 그리움 찾아보지만
흔적들은 오간 데 없고
썰렁한 냉기만
밀물처럼 밀려온다
지나간
날들을 그려보니
사랑은 가고 그리움만
가슴에 아픈
상처로 남았더라

방 귀퉁이에 쪼그려 앉아
문틈으로 새어드는
달빛을 보니
깊은 한숨이
이슬 되어 맺힌다

간이역

한진섭

기차도 서지 않는
작은 간이역
아름다운 그리움 있네

통학 기차 속에서
소문이라도 날까 봐
가슴 두근거리며
눈빛으로만 대화했던
복숭아처럼 발그레한 미소

햇빛이 찬란했던 가을 날
코스모스가 핀 철길 따라
말없이 걷기만 했던 그녀
유학하기 위해
상경하던 날
웃으며 눈물짓던
갈래머리 하얀 카라
그 친구가 그리워진다
다시 찾아온 간이역에서
그리움 하나 떨구고 간다

나 어쩌면

나 어쩌면
당신을 그리워할 거야
당신과 이별은
운명일지도 몰라

잊는다 하여도
잊혀질지
알 수 없는
이별의 이유로
심장을 뜯어내는
아픔이 온다 해도

행복했던 순간의
추억 때문에
물안개 자욱한
강가에 서면
더욱 또렷한
당신의 웃음소리
아마도 난 당신을
그리워 할 거야

등 굽은 저 소나무에
흰 눈이 쌓이는 날
나 당신을 찾아
머나먼 여행을
떠날지도 몰라

금연 결심 그 후

한진섭

그대를 향한
그리움 간절함
그대를 사랑했던
수십 년의 사랑이
그렇게 쉽사리
잊혀 질 수는 없겠지만

처처에 비춰지는
너의 그림자
괜스레 늘어난
신경질 불안감
그래도
잊어야지   아휴
잊어야지   난 정말 못 잊겠네
잊어야지   난 정말 안 되나 봐
                      그래 까짓 거
                      편하게 살자
                      편하게 살자

                      딱 한 모금 그 맛
                      살 것 같다
                      이 기분

239

바람아

한진섭

배롱나무 가지에
쉬어 가는 바람아
빨리 길 떠나시게
세 마지기 논배미에
피사리 하시는 우리 아버지
허리 한 번 더 펴시게

살랑살랑 불어와
곤히 잠든 우리 아기
잠 깨지 않게 다녀 가시게
귀여운 놈 선잠 깨면
성질 머리 고약 하네

함지박 이고 가는 우리 엄마
앙가슴에 적셔주세
새참 내랴 바쁘신
작은 몸뚱아리
화병 날까 두렵다네

햇살 드는 창

대한문인협회 경기지회 동인문집

홍대복 시인

♣ 목차

1. 난 말이야
2. 기다림
3. 봄을 기다리는 나
4. 하얀 계절
5. 가을밤은 서럽다

■ 프로필

문호 : 청산
강원도 평창군 진부면 출생
대한문학세계 시 부문 등단
(사)한국문인협회 회원
(사)창작문학예술인협의회 정회원
대한창작문예대학 졸업
문예창작 지도자 자격 취득
대한문인협회 경기지회장 역임
〈수상〉 대한문인협회 시인상 / 전국 시인대회 장려상
　　　　한국 문학 예술인 금상 / 한국 문학 우수 작품상
　　　　한줄 시 전국 공모전 장려상 / 순우리말 글짓기 전국 공모전 장려상
　　　　대한문인협회 시화전시 우수 작품상
　　　　현대 시선 문학 가을 애 시낭송 대회 대상
　　　　서울문화 대상 (문화예술대상 창작부문)
〈선정〉 현대시를 대표하는 명인명시 특선시인선
　　　　현대 시선 문학 오대산 시비 공모전
　　　　명인명시를 찾아서 아트 TV 출연
〈저서〉 시집 "초련화"
〈공저〉 우리들의 여백 / 유화에 시의 영혼을 담다 외 다수

난 말이야

홍대복

너를 위해
풀꽃 반지 만들어 끼워주고
예쁜 꽃 꺾어
머리에 아나한 귀애로 깃들고 싶다

시를 쓰며
달빛 소나타를 연주하고 싶단 말이다

동심을 항해하는 조각배처럼
이 세상 다하는 그 날까지 영원하도록 말이다

우린
미지의 별빛을 그리워하듯
맑은 영혼만 사랑하며 간절히 동경하자

비할 바 없이
가장 자랑스럽고 사랑스러운 나만의 여인이여

기다림

홍대복

바람이 머물렀던 그 자리에
밀려들던 수줍은 그 미소가 어설프다
미련을 두고 온 건 아니었지만
스쳐 가는 동풍에도 소스라쳐 돌아다 본다

돌아다 보면 어리석은 순수함 마저
구름 속을 뚫고 지나가는 바람꽃으로
쓸쓸함을 토해내는 저 갈대숲으로
기다림은 허기진 듯 주린 배 움켜쥔다

봄을 기다리는 나

홍대복

나를 부르는 듯
영혼을 담은 쓸쓸한 낙엽이 사그락 거림은
석양을 멀리한 채 깊은 사색에 물들게 한다
오늘 하루도
찌꺼기 없는 깔끔함으로 마무리하고
피안의 세계에서 내일의 맑음을 꿈꾸어 본다

오늘은 어디에서
나의 피폐한 마음에 그리움을 담아 채울까
여기일까?
저기일까?
왠지 그 누군가가
자꾸만 그리워지는 까닭은 또 무엇일까
행여
차츰차츰 꺼져가는 모닥불처럼
하얀 재만 남기고 죽어가는 불새가 되는 건 아닌지
아마도
휭하니 스쳐 지나가는 바람의 흔적일지도 몰라

함부로 범접할 수 없는 엄격함이 나를 짓눌러
숨쉬기조차 어려운 듯 장막을 치는 너
조금은 열어 주어도 괜찮을 듯 싶은데
그 장벽은 철의 옹 성처럼 너무도 단단하다
무너뜨릴 수 없는 아쉬움이 태산과 같으니
거울에 비추어진 어리석음 길 위에 내려놓고
어서 이 추운 겨울이 지나가길 기다리자
그리고
아름다운 꽃 피는 따스한 봄이 오기를 기다리자

아
겨울!
아리도록 시려 오는 내 마음의 하얀 겨울
이 거리를 떠돌며 사그락 거리는 저 낙엽은
영혼을 담아 흐느끼듯 나를 위한 긴 울음 토해낸다

하얀 계절

홍대복

동창으로 스며드는 밤을 잊은 슬픈 잔영
못 잊어서 그리운 임 꿈길에서 만나려나
밀려드는 그리움에 창문 열고 밖을 보니
첫눈 내린 감나무에 날아든 까치 한 쌍
잘 익은 빨간 홍시 까치밥은 새촘하다

그리움만 움켜쥐고 사라지는 하얀 계절
찬바람에 나뭇가지 흔들리는 작은 잎 새
날카롭게 파문 일어 마음 한 편 숨어들고
삼켜 버린 슬픈 사랑 숯덩이 된 까만 가슴
납 색 얼굴 하늘빛에 그리움은 목이 탄다

가을밤은 서럽다

홍대복

달빛 타고 내려오는 가을의 소리
풀벌레의 요란한 사랑의 세레나데
길가의 가로수 오색으로 수놓은 밤
가을은 선율 따라 시린 달빛 서럽다

술잔 가득 긴 설움 그리움만 더해 가고
이슬 내린 밤하늘 별빛마저 숨죽이네
쥐어짜듯 서러운 맘 앙가슴만 적셔오니
귀뚜라미 귀뚜루르 가을밤은 슬피 운다

햇살 드는 창

대한문인협회 경기지회 동인문집

홍성길 시인

♣ 목차

1. 두레박에 담긴 인생
2. 苦 行
3. 기 도
4. 고추밭 연가
5. 내 인생에 단, 하루

■ 프로필

호는 青松
대한문학세계 시 부문 등단
(사)창작문학예술인협의회 정회원
대한문인협회 경기지회 정회원
(주)동원라이프(종합상조) 지점장
양감농장 부대표
한국 사슴협회 정회원

두레박에 담긴 인생

홍성길

사는 게 부족하다
생각하지 마세요.
곰곰이 돌이켜 보면
넘치고 넘쳐서
허수로이 버려지는 게
인생일지도 모릅니다.

사랑이 부족하다
말하지 마세요.
가만히 뒤돌아보면
흐르고 흘러서
헛헛하게 날아가는 게
사랑일지도 모릅니다.

사는 것도 사랑도
두레박처럼,
담을 수 있을 만큼만 채워보세요.
그 조그만 두레박을
채우지도 못하면서
흘러넘치는 것을 아쉬워하시나요.

그 조그만 두레박에
차지도 넘치지도
않을 만큼 담겨진
당신의 인생은
정말로 멋지고 소중한
당신의 인생입니다.

그 조그만 두레박에
차지도 넘치지도
않을 만큼 담겨진
당신의 사랑은
정말로 값지고 소중한
당신의 사랑입니다.

넘쳐서 버려지지도
흘러서 날아가지도 않을
두레박에 담긴 인생
두레박에 담긴 사랑
함초롬히 미소 지으며
뜨거운 가슴으로 품어보세요.

苦 行

홍성길

할까 말까
갈까 말까
살까 말까

사는 동안
순간 순간
부딪히는 결단의 순간들

최상보다는
최선을
선택해야 하는데

지금 내 눈에 들어오는
타인의 눈빛 때문에
마음이 흔들려
더 깊은 방황을 하는지도 모른다.

비교하기 싫어서
견주기 싫어서
눈을 감으려 해도
감을 수 없다.

차라리
마음을 닫아
고독을 즐기는 수도승처럼,
가시밭길 마다않던 예수님처럼.

피할 수 없는
내 인생의 바다라면
망망대해 달빛어린 돛배에 홀로이 떠가도
외로워하지 않으리.

사는 동안 나로 인해
더 큰 슬픔에 빠질지도 모르지만
내가 선택한 인생이기에
원망도 후회도 하지 않으리.

순간순간
선택의 기로에 서서
키를 움켜 쥔 것은
바로 내 손이기에

사는 동안
그 길이 어둠속에 잠긴
고난의 길일지라도
웃으며 인내하며 걸으리.

어차피
내일을 산다는 것은
오늘 걸어보지 못한
또 다른 苦行의 길을 걷는 것이니.

기 도

홍성길

행여 오늘도
나로 인해 슬퍼하거나
눈물짓는 사람이 없기를 기도합니다.

행여 오늘도
나로 인해 기뻐하고
웃음 짓는 사람이 많기를 기도합니다.

행여 오늘도
비가 오거나 바람 불어도 움츠리지 말고
두 발은 땅을 딛고,
두 팔을 벌려 당당하게
세상 속으로 나갈 수 있기를 기도합니다.

행여 오늘도
비좁은 터널 속에 갇혀도 당황하지 말고
사람 냄새 땀 냄새 배인 광야를
말 달리듯 헤쳐 나갈 수 있기를 기도합니다.

행여 오늘도
마주하는 사람들의 입가에 고운 미소 머무르고
마주잡은 손마디 마디마다 용기와 자신감 불어주어
또 다른 내일을 약속할 수 있기를 기도합니다.

나 혼자는 나약한 존재이지만
나의 행동 하나가
나의 말씨 하나가
지친 어깨 스쳐가는 누군가에게 힘이 되고 의지가 되어
스스로 일어서서 꿈을 향해 나갈 수 있기를
간절함을 실어 기도합니다.

고추밭 연가

홍성길

한 고랑 한 고랑
발밑에서 숨 턱까지
차오르는 지열을 밟으며
수도자의 길을 걷는다.

한낮의 햇살보다
더 붉은
한낮의 열기보다
더 매운 고추를 따며...,

어느새
저리도 붉은 향 타오르는지
어느새
저리도 매운 향 펴오르는지.

구슬방울 땀방울
손등을 타고 내릴 제,
이랑이랑 붉게 물든 고추 따라
인내로 지켜온 그 것,

얼기설기 서려있는 뜨거운 열정
붉게 물든 이내 마음도
주섬주섬 광주리에 주워 담는다.
누군가의 입가에 미소 짓게 할
붉은 고추와 함께

제목 : 고추밭 연가
시낭송 : 박영애
스마트폰으로 QR 코드를 스캔하면
시낭송을 감상할 수 있습니다.

254

내 인생에 단, 하루

홍성길

내 인생에 단, 하루
내 등에 얹혀 있는 모든 짐을
내려놓는 날이
바로, 오늘이었으면 좋겠습니다.

내 인생에 단, 하루
외줄 타는 곡예사의 근심어린 눈망울처럼
새파랗게 멍든 가슴
새까맣게 타는 마음
쓸어 내는 날이
바로,
오늘이었으면 좋겠습니다.

내 인생에 단, 하루
기쁨도 슬픔도 모르던
사랑도 외로움도 모르던
욕심도 거짓도 모르던
원래의 나로 돌아가
내가 걸어 왔던 오솔길
그 길가에 누워서
순수했던 예전의 그 모습으로
바다 같던 예전의 그 마음으로
돌아가는 날이
바로,
오늘이었으면 좋겠습니다.

내 인생에 단, 하루
그런 날이
바로,
오늘이었으면 좋겠습니다.

대한문인협회 경기지회 동인문집

햇살 드는 창

초판 1쇄 : 2016년 10월 28일

지 은 이 :

강사랑 국순정 김경렬 김광식 김미숙 김상호

김선목 김성희 김소미 김　영 김희선 노금영

문방순 문재평 민병주 박미향 서미영 서복길

안선희 양상용 유석희 윤정연 이민호 이순구

이정란 이철기 임숙희 장미례 장춘희 전선희

정미숙 정연희 정태중 조동선 조민희 주응규

최상근 최원종 한진섭 홍대복 홍성길

펴 낸 이 : 대한문인협회 경기지회

엮 은 이 : 김락호

디자인 편집 : 이은희

기 획 : 시음사

인 쇄 : 청룡

연 락 처 : 1899-1341

홈페이지 주소 : www.poemmusic.net

E-Mail : poemarts@hanmail.net

정가 : 12,000원

ISBN : 979-11-86373-51-4